牧野信一

センチメンタル幻想傑作集

嘆きの孔雀

長山靖生・編

小鳥遊書房

嘆きの孔雀

牧野信一センチメンタル幻想傑作集／目次

月下のマラソン …… 5
蘭丸の絵 …… 11
ランプの明滅 …… 17
嘆きの孔雀 …… 23
初夏 …… 63
凸面鏡 …… 69
心配な写真 …… 81
スプリングコート …… 89
センチメンタル・ドライヴ …… 115
黄昏の堤 …… 125

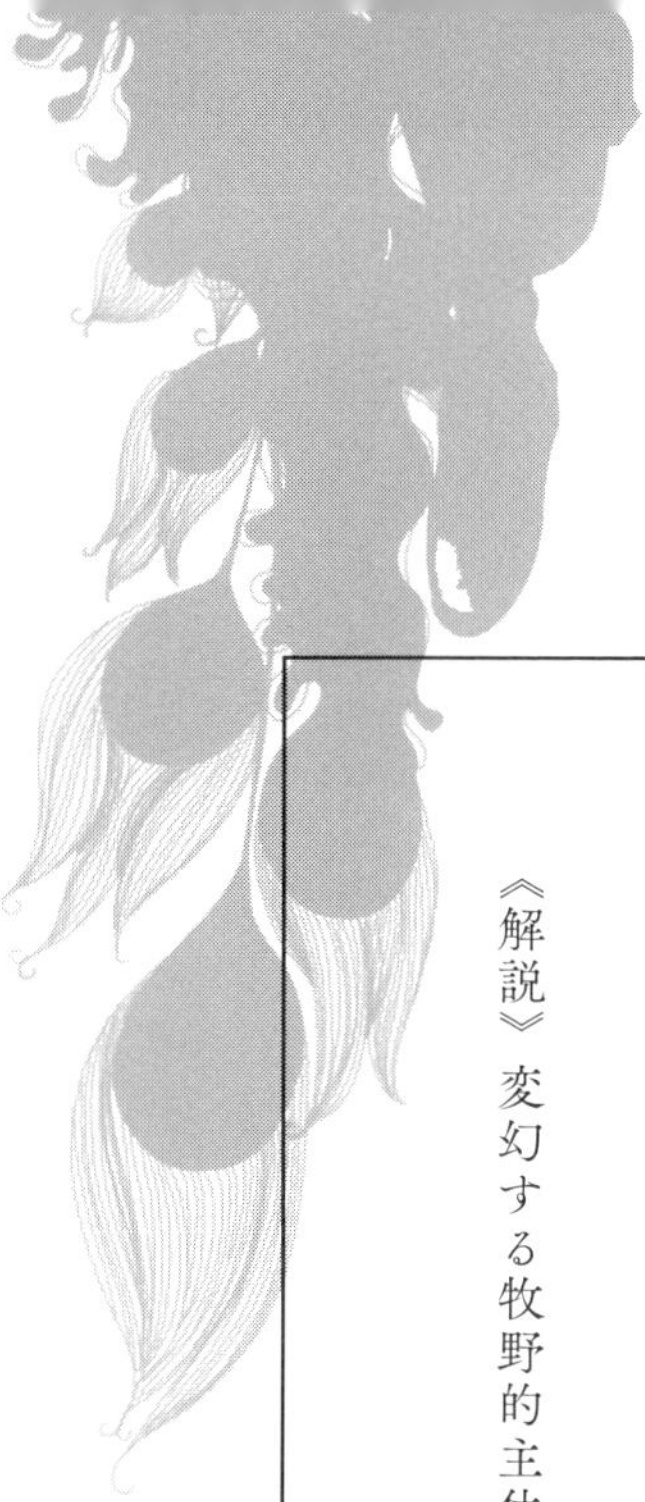

ビルヂングと月……135
ガール・シャイ挿話……141
街上スケッチ……147
風媒結婚……151
ゼーロン……165
バラルダ物語……187
緑の軍港……219
るい……227
《解説》変幻する牧野的主体の居場所　長山靖生……231

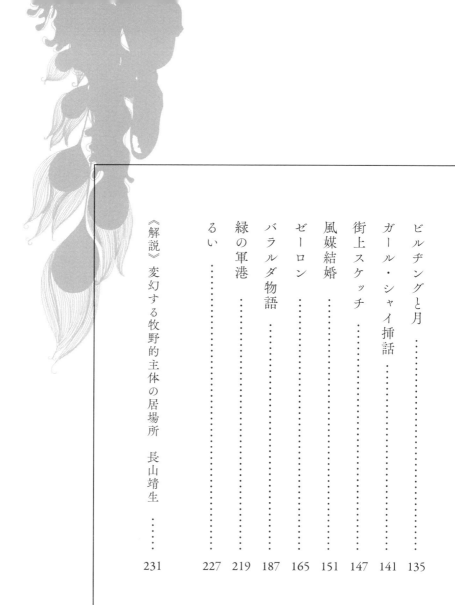

月下のマラソン

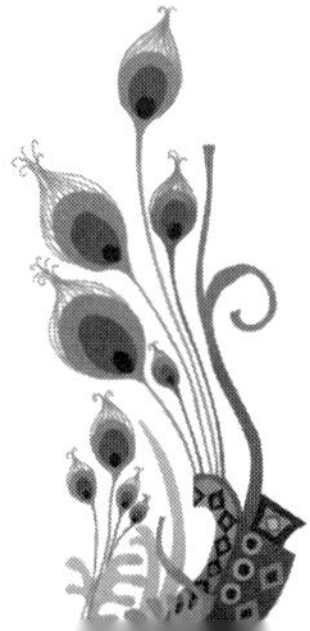

一

……去年の春だった。七郎は一時逆車輪を過って機械体操からすべり落ち、気を失った。

ふと吾に返ると沢田が汗みづくになって自分を背負ってゆく。紅く上気した沢田の頬に桜の花が影を落していた。――その儘又沢田の背中で気が遠くなって、病院の一室に、心配そうに凝《じっ》と自分の顔を瞶《みつ》めて居る沢田を見出したまでは、七郎は何にも知らなかった。

同じ年の秋、T中学と対校マラソンが催された時、二人は選手の任を帯びて出場した。二人の勝利は自校の名誉を輝かしたのであった。その時沢田は悦びのあまり、自分の手を堅く握って、

「岡村君！　これは皆君のコーチのおかげだよ。――僕達二人は一生互に援け合うて暮そうね。」といった。

沢田の事を想い出せば、七郎には未だこんなことは限りもなく数えられた。今迄沈んだ顔をしながらも競走《ランニング》の練習をして居た七郎は、運動場の隅の腰掛《ベンチ》に腰を下した。七郎は目の前に沢田の幻を見た。と、もう一足でも走ることは厭になってしまった。見る間に両方の眼は霑《うる》んで来た。涙が胸まで込み上げて来た。

「沢田君！　何故君は僕を残して行ったんだ？」七郎は眼を上げて、思わず溜息をついた。

沢田は、その夏丁度七郎が止むを得ない父の用事で遠方へ旅行中、二人でよく毎日乗りまわした燕（沢田が命名したボート）に乗って唯一人沖へ出た。

燕は急潮にすべったに違いない。でなければあれ程腕のさえた沢田が進路を過る筈は絶対にない。

――燕が何処まで流されたか、それは沢田より他に知る人はないが、その日の夕暮から霰のような雨が、海の魔と握手したかのように降り出した。怖しい土用波は、一瞬にして燕と最愛の友とをあわせて、海底に拉し去った。

一ヶ月も経ってから燕の破片が、波打際で七郎の手に拾われた。七郎は朝となく晩となく海辺に来ては、遙かの沖を眺めていたのであった。

七郎はその破片で、机の上に置ける程の燕を形造った。木屑は香の代りにいぶして、逝ける友の俤を偲んだ。

「岡村君！」と突然自分の名を呼ばれたので、七郎はハッと気付いて後を振り向くと、級友の米村が猛烈な勢いで駆けて居た足を止めて、

「どうしたんだ！　何をぼんやりして居るんだい。明日は愈々《いよいよ》予選会じゃないか。今年が第二回目の戦なんだから、今度の成績で君の記録《レコード》、いや、この学校の名誉が永遠に定るんだ。僕も頼むから確《しっか》りやって呉れよ。」といった。

「ああ。」と七郎は返事はしたものの、気は益々滅入ってゆくばかりだった。

「さあ。」と米村は再び手を取って促がした。運動場はまるで大きな廻り灯籠のようになっていた。校長までが出張って皆の練習を励ましていた。多勢の生徒等は、目をむき出し、唇を噛んで練習に余念がなかった。

七郎は仕方がなくまた駆け出した。その後を米村が一所懸命に踏んで行った。金色の小春日が二人の後姿を照らした。空は水のように晴れて居た。

二

その秋のマラソンは「名月マラソン」という名目で、十五夜の晩決行されることになっていた。O町の海岸からT町まで、海岸線五哩《マイル》の往復というのである。

空は蒼々と澄み渡って居た。お伽噺のそれの如く、大きな月は未だ暮れきれぬ中から中空に白銀のように光って居た。

町民は熱狂した。花火はひっきりなしにあげられた。砂浜は見物の人、応援の人々で麻のように乱れた。海岸の所々には目標の為の篝火が燃え始めた。――その夜米村と共に選手の重任を帯びた七郎が、何れ程衆目を集め、又味方の人々から期待されたかは、ここにしるすまでもあるまい。

やがて割れるような歓呼に送られて、選手達は徐ろにスタートを切った！

三

余り長くもない町を出てしまうと、ただ遠くに祭のようなぞめきが、聞える許り。それもだんだんに消えてゆくと、もう月と海とそうして海辺の松とより他に見ているものはなかった。水面に投げられた月光の反射が松林の奥まで光って居た。さざ波はパサパサと駆ける七郎の足音に韻律を合せて居た。

「何という美しい月だろう！」

七郎は駆りながら思わず呟いた。――自分の心とは全然離れて、ただ足だけが機械のように動いているのであった。あとにも先にも人影は見えなかったから、自分が勝っているのだか、敗けているのだか解らなかった。――今が今、あれ程多勢にさわがれて送り出された自分であるとは、どうしても考えられなかった。それ程月は美しく静かに照っていた。……今にも沢田の声が聞えるかのように、波は小さく囁いていた。今夜のような良夜なら、月の世界にもゆけそうに思えた。月とお話も出来そうに思われた。死ぬことと生きることとは、別にそう大した区別のあるものとは思われなかった。そうなると七郎は今迄沢田の死を悲しく思って居た事が、何だか無意味のように思われ出した。

「そう、沢田は今頃どんなに幸福に暮しているかわからない……」

もう悲しむまい。そうして沢田が居る時と同じように、愉快に楽しく送れないわけはない。何故なら沢田はすぐそこの月の窓から、自分に話しかけているのだもの……。

「沢田君、今日から又二人で旧《もと》のように面白く遊ぼうね。」

誰にいうともなくこう言った、七郎の瞳は新しい希望にもえて来た。

「岡村君、君は思い違いをしているよ。君は僕が死んだと思って悲しんでいるが、僕は決して死にはしないよ。そら、去年と同じように君と一緒に駆けて居るじゃないか。」というかのように見えた。

七郎は思わず微笑んだ。

「沢田君、一緒に駆けよう。」と云って、七郎は今度こそ本気になって走り出した。

間もなくT町の目標に達した。其処には先方の応援隊ががやがやと犇《ひし》めき合っていた。

「岡村が敗けた！　岡村が敗けている！　痛快痛快！」

「ヤーイ、岡村の奴、敗けたもので口惜しがって涙をこぼしていやがる。いいざまだ！」

その声で七郎は始めて気が付いた。手を当てて見ると、成る程涙にぬれている。

「こりゃいかん！」と七郎は屹と応援隊の方へ眼をそらして、

「沢田君、敗けてるんだよ、敗けてるんだよ。ヘビーを出そう。」と独語《ひとりごと》して全速力で駆け出した。

四

七郎の速度は雲に乗った風のようだった。いつどこで相手を抜いたか気付かなかったが、O町の決勝点に入った七郎の胸には、輝やかしい一等賞のメタルが、月の光のように光っていた。

其の夜七郎が群集にとりまかれて街を歩いて居ると、月も同じように七郎の頭上で輝かしい歩みを運んでいた。七郎は胸におさえきれぬ悦びを、そッと月に向って微笑んだ。

蘭丸の絵

　僕等が小学校の時分に、写絵《うつしえ》というものが非常に流行しました。それは毒々しい赤や青の絵具で紙に色々な絵が描いてあって、例えば武人の顔とか軍旗とか、花とか、その中で自分の気に入った絵を切り取って、水にぬらして腕や足に貼付け、上から着物で堅く圧えつけるのです。暫くたって紙をそっとはがすと、その絵がそのまま腕に写ってしまうのです。ただそれだけの事ですがそれをどういうものかその時分の少年達は、此の上もない面白いもののように思って、手や足では飽き足らず、終いには額にまで貼付けて誇ったものです。

一

　午休《ひるやすみ》の時間に、僕は臂掛が出来かかったので、嬉しくて堪らず、機械体操にぶら下って夢中になって練習していると、其処へ浜田がやって来て、

「面白い事をしているから来ないか。」と僕の名前を呼んだ。折角出来かかって居るのに、……それに浜田の遊びと云えば写絵に定って居る。僕は写絵は大嫌いだったし、若しそれが家へ帰って母に知れると大へん叱られるので行く気はしなかったが、どうしても浜田が来て呉れとまで云うので、渋々ながら降りて行った。

　雨天体操場の裏には可なり大きな椿の木が繁って居て、その紅のような花と深潭のような色をした葉とは、五六人の少年等が集うには丁度好い日かげをつくって居た。

「さあ君に之だけ上げよう。この絵はね、僕が昨日わざわざ浅草まで行って買って来たんだよ。皆が何

処で売ってるときくんだけれど、店の名前は誰にも知らさないのさ……。こんなのを腕に貼っとけば他の者が羨ましがるぜ。だから今この五人だけに僕はやって、あとから皆にみせびらかしてやろうと思うのさ。面白いぜ、君も早く写してしまいよ。僕達もう出来ちゃったんだから、早くして方方見せて歩こうじゃないか。」と浜田は僕に、まるで百円紙幣《さつ》でも呉れるかのように勿体らしく渡そうとしたので、僕は急いで云った。

「僕はいけないんだ。家で叱られるんだよ。」

「チェッ意気地がないな。」と浜田は不機嫌な顔色をしたが、僕はそんな事にかまっては居られない程機械体操の練習がしたかった。

「嫌ならいいよ。未だ此方に蘭丸や牛若丸や沢山あるんだけれど、そんなのをやらないばっかりだ。」浜田は懐中《ふところ》から蘭丸の綺麗な顔を僅ばかりのぞかせて直ぐに秘《かく》してしまった。

僕が之迄に見た写し絵は大抵果物とか花鳥とかというものばかりで、そんなのは全く珍らしかった。でもただ珍らしい位ならば、根が嫌いな物なのだから何でもなかったが、その時チラリと僕の眼に写った蘭丸の顔が如何にも美しく勇ましくまるで芝居にでも出て来る強い若武者を目の当りに見るように感じられた。と同時に、あんなのを自分の腕に貼付けたらどんなに愉快だろうと思った。と急に僕はそれが欲しくなってしまった。

「浜田、それ何処で売ってるんだい。」と負惜みなど云って居られない程僕はそれが欲くなって尋ねた。

「それは教えられないよ。」と浜田は冷かに笑いながら、それがききたくば俺の家来にでもなれと、いわんばかりに「ここに居る者にだってそれは教えられないのだもの、若し君が僕達の仲間に入れば、売ってるところは教えないけれど、蘭丸はやってもいいよ。」と云った。

この珍らしい写し絵を売ってる店を発見した浜田は、天下の秘密でも握ったかのような誇りを持っていたし、又事実その周囲に集っている友達等は浜田をそれが為に非常に尊敬しているのであった。「僕にもう一枚おくれよ。」「僕にもよ。」「あたいにもよ。」などと皆な大騒ぎを始めた。僕は黙ってその光景を眺めて居た。皆なが騒ぎ出すと浜田は有頂天になって「僕をつかまえた者に、やろう。」と云いながらどんどん駆け出した。連中はドッと鬨の声を上げて浜田の後を追いかけた。

僕は浜田が癪に障って堪らなかったが、わいわいと皆なが騒ぎ廻っているのを見ている中に、どうやら自分の心もその渦の中に巻き込まれて来るらしく、その上浜田が偉い者のようにさえ思われて来た。

二

放課後に機械体操の練習をする筈だったが、僕はもうそれどころではなくなった。——どうかして蘭丸の写絵を手に入れたいものだ、浅草中の玩具屋《おもちゃや》を一軒一軒尋ねても関《かま》わぬから、浜田へはもう頼むまいと決心して傍目も触らずすたすたと歩いていた。蘭丸の幻が風のように僕の脳裡を去来していた。——本能寺の勾欄《こうらん》は今や焼け落ちんとしている。緋の肩衣は紅蓮《ぐれん》の颶風に翻えり、どっという寄手《よせて》の轟き、地をなめる猛火をはらって閃くは剣戟の冷たさ……火と煙と剣の閃光とを破って現れたのは蘭丸！

勇ましい蘭丸、美しい蘭丸、蘭丸の顔は薔薇の如く、神の如く、鬼の如く、美しく輝いた……僕はこんなとりとめもない空想に焦れていた。それにしても浜田が持っていた写絵は美しかった。僕の頭では本能寺の蘭丸と、浜田が浅草で買ったという写絵の蘭丸の顔とを区別することが出来なかった。その貴い写絵を得ることは、信長の忠臣森蘭丸と握手するのと同じ事のように思われた。

「おい。」と僕の名前を呼んだ者があったので振り向くとそれは浜田であった。――僕はその時、浜田の顔を見た瞬間に、――浅草に行って探し出すという空頼《そらたのみ》を棄てずには居られなくなった。つまらぬ浜田への意地でそんな手間遠い真似をするより、少しも早く今ここで浜田へ頼んで蘭丸に会わしてもらおうと思った。自分で此れほど望んでいる蘭丸を浜田は左右する権利を持っているのかと思うと、今まで軽蔑して居た浜田が急に偉い者に思えて来た。珍しい写絵を持っていない連中があの様に浜田を騒ぎ立てるのは当然のことだと思った。

「浜田君！」と僕はその時に限って君を付けて、

「僕も君等の仲間へ入れて遊んで呉れないか。」

「でも先程嫌だと云ったじゃないか。家で叱られるのならお止しよ。」

「叱られたってかまやしないんだ。」

「――そんなら来給え。」とやっとのことで浜田から許しが出た。

三

その日折よく僕の家では母は使にでも出たものか留守だったので、僕は浜田等へ報酬の代りとして僕の室で遊ぼうと云った。浜田はすっかり機嫌がよくなって、未だ家にもあるからと云って沢山の写絵を持って来た。僕の室に来ると浜田は学校とは全然打って変って、自分の物を皆の前に残らず解放した。

皆思い思いの絵を選んで手に貼ったり足に貼ったりして——一つでもうまく写ったのがあると喜びの声を挙げて拍手した。(貼ったのが悉く写るというのではなく完全に出来るのは十の中二つか三つなのである。そこに面白味もあったのだ。)暫くたつと浜田を始め誰も飽きて了って、僕の本箱から絵本を引出して見始めたが、僕一人は飽きる処ではなかった。他の者が五枚も六枚も取り換えたのに僕だけは最初に腕に貼った蘭丸を、未だしっかりとおさえつけているのであった。そうして「どうか僕の腕にその儘に綺麗に写って呉れ。」と心に念じながら、力一杯たたいていた。涙が出そうになる程痛さが身にこたえてもかまわずに——。

ランプの明滅

試験の前夜だった。彼はいくら本に眼を向けていても心が少しもそれにそぐわないので――で、落第だ――と思うと慄然とした。と、同時に照子の顔が彷髴として眼蓋の裏へ浮んだ。彼にとって照子の存在が、彼が落第を怖れる唯一の原因となっていたので、然も彼は非常に強く照子の存在を意識していたから、非常に落第を怖れた。何故なら、

「妾、秀才程美しい感じのするものはないと思うわ。妾は秀才という文字だけにでも、妾の生命の全部を捧げて、涙をこぼして恋するわ。」

「フン。」(彼は、自分が秀才でないということを照子が多少侮辱的に云って居ると知っていた)と、つまらない事とセセラ笑っては居たものの、

「僕は照ちゃんのようなお転婆と結婚がしたいよ。」と胸に一縷の望を持って、いつのことだったか、戯談紛れに尋ねると、

「妾もよ、秀ちゃんのような茶目さんと結婚したいわ。」で一撃の下に、笑に附せられてしまって、彼の言が表現した通りの戯談の儘でとおったのだからよさそうな筈なのに――いつ迄たっても照子の云った「結婚」という言葉を棄てることの出来ない彼なのであった。それは、「どうしてなのか。」と考えて見れば「惚れてるのだ。」と極めて簡単に解っていたが、よく恋の心理を現した歌などに「何故か?」「涙こぼるる」などというように、恋を神秘視しているのを見ると、反感とまでゆかず滑稽を感ずる彼だったが、照子を想った時はどうやら自分の気持も「何故か……涙ながるる」の気持らしかった。

時間はどんどん過ぎて行った。第一頁すら彼の頭には入っていなかった。一秒を刻んだ時計の針に落第を思い、そうして失恋(?)をおもった。――彼は深い溜息をした。――照子が突然死んでしまえば

いい、と思った。

外は酷い暴風雨だった。激しい雨がしきりに彼の窓を打っていた。その中に彼の心は、荒れ狂うて風雨の響の中に溶けて行った虚無が彼の胸に扉を開いていた。

「落第がなんだ。」という気がした。

「厚顔無恥の照子だ！」と彼は呟いた。――然し彼は涙が出そうになった。

突然！　電灯が消えた。と同時に彼の胸は、何やらハッとした。――「いいあんばいだ。」と思った。「灯が消えては当然勉強は出来ない。」「本をまる覚えした事で、照子の最も讃美する秀才になり得るものならば、勉強が止むを得ず出来なかったという原因で落第しても、――可能性はあるだろう。」こんな事をしきりに考えた彼は稍々《やや》安心した。と次の瞬間から彼はただ専念に――安心して照子の事を想って居た。

真暗な中に凝として、笑いと悲しみの分岐点にたたずんでいる自分を瞶めた。恋情というものは極めて滑稽なものだ、と思いながら、彼は静坐の姿勢で眼を瞑った。

「電灯が消えて、試験だってえのに困るわね。」という声でパッと室が明るくなった。ランプを持って来た照子は、彼の眼に涙がたまっているのを不思議そうに見た。

「勉強出来て？」

――彼はむらむらッとした。

「煩いよ。」と、彼は照子の顔さえ見ず本の上へ視線を落した。

「しっかりやってね。御褒美を上げるわ。」

――どんな褒美なんだい――と普段の調子で問い返そう(この瞬間には彼の悲しみは氷のように溶けてしまって喜びだけが踊り上った)と思った時、問い返さるる程の真実性を持って照子が云ったのではなかったのだ、と気が附いて、又悲しみが出て、もう少しの処で馬鹿! と怒鳴るところだった。もうその時は照子はトントンと梯子段を降りていた。


彼は凝とランプの灯を瞶めた。シンがジーッと音をたてていた。それが気になったので、彼はネジを持ってシンを引込めたり出したり、何遍も繰り返した。ジーッという音は止んでしまっても所在のない彼は指先をネジから離さなかった。室は明るくなったり暗くなったりした。

――明るくなった瞬間には、試験と失恋の怖ろしさを想った。暗くなった瞬間には照子の美しさだけを安心して想った。その中に彼は指先の速度をそれに伴れて心の変る暇のない程だんだんに速めて居た。彼の心は目茶苦茶になった。彼は子供になったような心地で――面白がってランプのシンを弄んだ。

――しまった! と彼が思った時、シンを油壺の中へ落してしまった。――暗闇だけが残った。

――彼は困ったことなのか、困らないことなのだか、という区別を自身の心につけることは出来なかった。――彼は、又深い溜息をした。

虚無、安心、悦び、涙――それだけのものが白い絹に包まれたまま胸の中へ一時に流れこんでくるような感じがした。

彼は落第した。

照子はその翌年結婚した。彼は照子の結婚が少しも自分の心に反感のないのを感じた。「恋じゃなかった。」と彼は思った時、仇を取ったような気がした。然しその気持は「強いて云っているらしい。」という感じもされた。――悲しき勇士という言葉が稍々自分の気持に合ってるもののように思われたが、結婚を聞いた時は少しも驚かず、「フン。」と答えたばかりだった。

三年程経って彼も結婚した。

「貴方は磯と結婚する前に恋をしたことがあるでしょう。」妻はよくこんな事を云っては彼を困らせた。「ないよ。ほんとだ、決して。」彼は心から妻を愛していたから、むきになって答えるばかりだった。「嘘だ嘘だ。」と云って妻は泣いた。こんな事もきいた、あんな事もきいた、と妻は古い手紙などを持出して、又泣いた。

彼がある女と家を逃げ出したこと、雛妓に惚れて――親父から勘当されたこと……を妻は知っていた。

が、彼は実際妻程愛した者は一人もなかったから、「嘘じゃない。」と懸命に云えば云う程、妻は反対に焦れた。そうなると彼は癪に障って、妻以上に深く愛した恋人を持たなかった過去を寂しく思い、非常に後悔した。

「明るくってねられねえ。灯りを消せ。」結婚して初めて彼が怒気を含んだ音声を発したので、妻は吃驚して、（どうして彼が急にそんなに怒ったか不可解だったが）おとなしく灯を消した。

その様が可愛かったので、彼は妻の手を握った。妻は又泣いた。

ふと彼は全然忘れていた照子のことを思い出した。「嘘じゃない。」と妻に弁解しながら、嘘でないその言葉から過去を淋しく思っている矢先に、ふと照子の顔を思い出したら、「やっぱり俺は嘘をついているのかな。」という気がして、軽い会心の笑が浮んだ。同時に堪らない寂しさが湧き上った。

「何故俺はそれ（?）以上の愛を持つことが出来ないのだろう。」と思うと、彼は涙が出そうになって、「やっぱり眠られない。もう一度灯りをつけておくれ。」と云ったが、妻と一緒に、暗い室で涙を味いながら泣き度くなって、堅く妻の手をおさえた儘灯りをつけさせなかった。

嘆きの孔雀

一　ある寒い冬の晩のこと

随分寒い晩でした。私は宵の中から机の前に坐って、この間から書こうと思っているものを、今晩こそは書き出そうと、一所懸命に想《おもい》を凝らして居りました。――ところが余り寒いのでついペンをとる筈の指先は火鉢の上を覆うようになってしまうのでありました。窓の外には目に見ゆる程な寒気の層が湖のように静かにただずんで居りました。火鉢の上に翳して暖たまった私の眼で、硝子越しの寒い暗い光景を眺めていることは私のようなものにも神秘なお伽噺などが想われて、――「冬の夜」というものが心から情《なつか》しく嬉しく思われるのでした、ものを書くなどという面倒なことをするよりもこうしていつまでも沁々と冬の夜を味わっていた方がどの位いいか知れないと思いました。あの有名なシェークスピヤの「冬物語」という、――ある寒い冬の晩、外には音もなく降る雪が断え間のないのを窓に見ながら、赫々《こうこう》と炎ゆるストーブを大勢の人等《たち》が取り囲んで、ある一人の詩人が最近に作ったお噺をするところ、テーブルの上の古いランプの灯影《ほかげ》は一心に耳を傾けている人達の横顔を画のように照している……炎え盛る火と切りに降る雪と葡萄酒の香りとに抱かれて過ぎゆく冬の夜……を想っていた方がどれ位心に合うか知れないと思いました。――雪こそ降っていませんでしたが、湿った夜の黒い空は私の窓の前迄泌《にじ》みよせて居りました。まるで私は湖の底に坐っているように思われました。窓側をかすめてハラリと散った梧桐の一ト葉を、私は湖に泳ぐ魚かと怪しんだり、朝母が活けて呉れた床の間の花を水底の藻かと思ったりしました。私は魚になったかのような気持で煙草をすぱりすぱりと吹いては、煙が室の空気に溶けて終うまで眺めました。煙が消ゆると又新たに吹きました。――いつ迄たっても際限がありませんでした。で、さあ書こう、と夢から無理に醒めてはみても、矢張り夜と睨めくらをしている方が、余程美しい世界に居られるのでペンを執る気にはなれなかったのです。

いつまでこうして居ても限りがないから暫くの間母とでも話して気分を取り直そうと思って室を大変散らかしたまま私は茶の間へ行きました。

茶の間では妹の美智子が火鉢を囲んで何やら母と面白そうに話して居りました。

「今ね、兄さんに解らないとこが出たのでお尋ねに行こうと思ったら、母さんが兄さんは今御勉強だから後になさい、ておっしゃるので此処でお待ちしていたのよ。」

「学校の事なの?」

「ええ、そう。」と云いながら美智子は自分の室の方へ駆けて行きました。

「若し差支えがなかったなら少し教えてやっておくれな。先程《さっき》から待っていたんですから。」と母に云われた私は、別に勉強も何もしていなかったのを母や美智子はそんなに遠慮していて呉れたのかと思うと——笑い度いような気の毒なような淋しいような……解り易く一口に云えば悪かったという気がしましたので、「ハハハハ。」と笑って「関やしなかったのですのに。」と云い乍ら美智子の室へ行きました。

丁度私が美智子への読本《リーダー》の下読を終えたところへ、美智子のお友達でお隣りの艶子さんが、今日は土曜日だからといって遊びに参りました。

「兄さん、何かお噺をして下さらない。」と美智子が云いました。いつもこの伝は私を一番困らせる事だったので、私は聞えない振りをして逃げ出そうとすると「あらずるいわ。この間からのお約束なんですもの、今日こそは逃がしませんよ。」と二人して無理に私を又そこに坐らせてしまいました。

「僕はね。」と私はここですこしばかり真面目な顔になって「ほんとに皆を喜ばせるような噺は仕たくとも出来ないのだ。」と云いました。それでも二人は容易に私を許して呉れませんでした。で私は仕方がなくなって、

「――ええと、昔々あるところにお爺さん……」と言いかけると二人は激しく首を振って、

「嫌々、そんなのは。そんな古いのならわざわざ兄さんに頼まなくてもお婆さんの方が余程上手よ。」と立所に打消して、もっと新しいものをと云って諾きませんでした。これには私もとんと当惑せずには居られませんでした。こんな事なら此間中何か西洋の物語本でも読んで置けばよかったと私はつくづく後悔しました。

未だ八時になるかならないかという宵でしたのに、あたりにはまるで声がありませんでした。軒をうつ小雨の音もなく、ただ火鉢の炭が起る音と美智子の机の上の小さな時計の音より他世界は皆眠ってしまったようでした。何故なら私はお噺が出来ないで黙って考え込んでしまったし、二人は私の話し出すのを今か今かと息を殺して待ち構えているのですもの……。

ここでちょいと皆様に説明しなければならないのは、美智子の室に可成大きな二つ折りの金屏風があることなのです。それに恰で本物の様に美しい孔雀が一羽描いてあります。然し全く孔雀がたった一羽金泥の上に描いてあるというだけで、その他には花も木も草も何にも描いてないのです。ですから丁度別の処から孔雀の画を切り抜いて来て金箔の上に貼り付けたと云っても差支えない位でした。がそれだけに孔雀は単独のものになっていて、見方に依ってはまるで孔雀が美智子の室にぼんやりと訪れて来ているように見えるのでした。

「美智子さん、私は遠い印度の国からわざわざ貴方にこの私の美しい羽毛をお目に掛けに参りましたのですから——そのおつもりで。さあよく見て下さい。そうして私の国はこの美しい私が羽根を拡げて闊歩するにふさわしい程素晴しく立派であることを連想して下さい。そのために私はわざとこうして何にも描いてない屏風の前にたった一人でたたずんで居るのです。私の体のように美しい背景は、とてもこんな小ぽけな屏風には描けませんからね。」屏風の孔雀を凝っと見ていると、その孔雀は今にもそんな事でも言いたそうな顔付をしているように見えました。

私はその時お噺がどうしても出来なかったので屏風の方へ顔を向けて、別にお噺を考えていたわけでもなかったが、せめて考えてでもいるような風をしていなければとても二人が許して呉れそうもなかったので、黙って孔雀の画を瞶めて居りました。

「この絵の孔雀に若しなったらどうでしょうね。」「だって大変だわ。屏風にされてしまうんですもの。動きがとれないじゃありませんか。」私が余り話し出さないので二人は少し飽きてきたのか、そんなつまらない話をして可笑しそうに笑って居りました。

何燭か知りませんが兎に角非常に明るい電灯が昼間のように紅色の覆《シェード》の下に輝いていました。そうして室はもう充分暖たまって居りました。春が急に来たのではないかと怪んだ程でした。私はその明るい室で黙っている間に、いつか私の心はある不思議な世界に飛んで居りました。冬の夜で暖まった明るい室と金屏風と孔雀とそうして晴れやかな少女の笑声とが私をある美しい国に運んで呉れたのでした。といっても春の楽園《パラダイス》で美しい姫等が、孔雀と戯れているところとか、銀河の流れに緑の岸を伝いほがらかな女神が琴をかなでているところとか、などという古雑誌の口絵のようなだれでもがすぐに想い浮べるような光景ではありません。――それは余り奇抜で予想外で皆さんは屹度アッと云ってお驚きになるに異いありません。――で私は急に嬉しくなりました。皆さんは何とおっしゃるか知れませんが兎に角美智子と艶子さんを喜ばせることが出来るだろう、と私は安心しました。私の心は明るい電灯のように輝き、私の胸は孔雀の美しい翼の如く喜びにふるえました。それ程この瞬間に思いだしたあるお噺――というより私がある世界に引き入れられたその空は不思議な色で輝いて居りました。

「さあ、ではお話ししようかね。」と私は勝ち誇った勇士のような悦びで、今迄考え込んで屏風を眺めていた顔を二人の前に向けました。

美智子と艶子さんはもう私がとてもお噺など出来ない者だとあきらめてでも居たのか、私がそう云ってにこにこと笑った時には、寧ろ案外だというような顔をしました。

私の眼には美智子の室が夢の国のように更に明るく見えました。屏風の孔雀が今にも私の傍へ来て何とか話しかけるのではないかという風に見えました――そこで私はエヘンと一つ落着いた咳ばらいをして坐り直しました。静かな夜の外気も私の噺をきくために黙っているかのように――静かに更けていました。

さて、このお噺下手の私がどんなおはなしを始めるでしょうか。

二　不思議な国

「艶ちゃんと美智ちゃん、ちょっと眼を瞑って御覧。」と私は二人に命令するように云いました。お噺

を始めると思いきや、又私がそんなことを云い出したので、美智子と艶子さんは焦れ度さそうに同じように首を振って、

「嫌々又兄さんはそんな事を云って人をだまそうと思っているのよ。」と云ってききませんでした。もっとも二人が私の言うことに同意しないのも道理、此間も私はこんなことを云って逃げ出したことがあったのでしたから、がこの時こそは少しも二人を欺そうなどという狡い考えは私の考えに毛頭ありませんでしたから、

「いやいや、今日こそは欺すのではないよ。僕の噺はね、普通のお噺とは大分おもむきが異うのだから、まずきまきては始めそうしなければいけないのさ。僕のお噺は面白い筋とかなんとかで運ぶのではないから――話す方もきく方も先ず噺が始まる前に――今僕が話そうとしている噺の世界へほんとに自分が入った気にならなければならないのだよ。もっとも話手が上手ならばきき手をひとりでに噺の中に引き入れてしまうのだがね――二人も知ってる通りこの人は（とここで私は仰山らしく自分で自分を指しながら）大の話下手なんだからさ、始まる前に道具立が入用《いりよう》なんだよ。いいかえ。」と私が云いますと、二人は私の手附を面白がってお腹を抱えて笑いました。そんなことを笑われては堪らない、と私は思いましたからすぐに言葉を続けて、

「笑ってばかり居ればお噺をしないぜ。」と軽く叱るような眼付で「さあ、僕の云う通り二人ともちゃんと眼をつぶって御覧。」と云いました。で仕方がなしに美智子と艶子さんはおとなしく眼をつぶりました。真面目になって坐っている二人の様子を見ると私も何だか可笑しくなってもう少しで噴き出しそうになりましたが、笑っては大変だとやっと我慢しました。二人は私が可笑しさを堪《こら》えているなどとい

うことは夢にも知りませんから、今か今かと待って居りました。この儘にしてそっと逃げてしまおうかと思いましたが、それでは余り二人に悪いし、それこそあとでどんなにおこられるかわかりませんでしたから、いよいよ私はお暇のいとぐちにとりかかろうと決心しました。ところで私は眼を瞑っている二人にむかって、

「そうやっていると、眼の前に何か見えるだろう。」と尋ねました。すると二人は暫くもじもじしていましたが、やっとのことで、

「ええ。」と答えました。

「何が見えるの?」と私は直ぐに問い返しました。

「明るいものが見えてよ。」と云いました。

「明るいもの?、ウムそれでいいのだ。でその明るいものをよく瞶めて御覧。」私は尚もこう云いました。

「そうすると、その明るいものがいろいろの形になってくるだろう。そうして自分の考え通りなものが写って来るだろう。」

二人は凝と、私に云わるるが儘にある想いに耽り始めました。

「ええ、なるわ。」と云いました。

「なるだろう。明るい世界に金色《こんじき》の渦が巻いているだろう。」

「ええ。」

「自分が今自分の室に坐って、僕の噺をきいているのだとは思えなくなるだろう。冬の夜ということも、

明るい電灯のついた前に居るのだ、ということも忘れることが出来るだろう。――若しそう思えなければ強いてそう思うのだよ。そうすれば何か美しいものが眼の前に現れて来る筈だ。」私はまるで自分が魔術師にでもなったような晴れやかな気持でこんなことを云いました。と思うとどうやら二人は私の魔術にでもかかったかのように、私の云う通りに種々《いろいろ》と想いに耽る様子でした。

「何が見えて？」と私が問いました。

「――」二人は何とも云いませんでした。この答えが出来ないのは無理もないのです。何故ならこういう場合に眼の前に浮ぶものはただぼんやりとした美しい虹で、――若しそれを花と思え、と云われれば花とも思えるし、美しい景色と思え、と云われればそうも思えるので、――一口に何だ、と返答することが出来ないのはあたりまえです。こういうことを私は知っていましたから、ここで思い切って、「孔雀のことを考えて御覧。」と云いました。私の云ったことはまんまと成功して二人の眼の前の今迄の美しい金色の虹は一羽の孔雀と変りました。

「ええ孔雀が見えてよ。」と二人は答えました。そこで私はもう眼を空いてもいいと云いました。

私は何故そんなわざとらしいまねをしなければならなかったのでしょう。孔雀の噺をするのなら、一羽の孔雀が、と云えばそれでよさそうなものではないかとどなたでもお思いになるでしょう。が然し、と私は強く力を入れて云わずには居られません。「嘆きの孔雀」の主人公はただ一口に云っただけでは私にとって足りないのです。――ボーッと春の薄霞のように煙った明るみの中に、とても口では云いつくすことの出来ないその美しい明るみの中に（それは今のようにして皆様に自由に想像して戴くより他筆では現せないのです。）金色の光りに浴した一羽の立派な孔雀が、さめざめと涙をこぼして凝とただずんで居るのです。

「あなたは何故そんなに泣いているのです。」とその孔雀を見たどなたでもこう問わずには居られないのです。それ程孔雀は悲しそうに泣いているのです。その声で孔雀はヒョッコリと立ち上りました。「オヤオヤ」と私達は思わず驚きの声を上げずには居られなかったことには、それは、本物の孔雀ではなかったのです。ですもの、私達は驚かずに居られるものですか。香水の泉から月夜の晩に――人の世というものはどんなに美しいものだろうか――と這い上った乙姫様ではないかと――それとも、空も地も金と金剛石《ダイヤモンド》をちりばめたように、夜だか昼間だか決して解らないように輝いて居りましたから私達は一瞬の間に古《いにしえ》のある国の歓楽の宮殿へ伴れて来られたのかとも思えました。こうなると不思議なことばかりで厶《ござ》いますがその中でも一番不思議なのは私達はただ孔雀が実は美しい乙姫様であったのには驚かされましたが――そんな不思議な光景の前に引出されていることを少しも驚いていない事です。美智子も艶子さんも私も（そうして皆さんも）ただ何のために孔雀の衣を着た姫がそんなに泣いているのかとそればかりを心配しているようでした。と美智子はつかつかと孔雀の傍へ行って、

「ね、もしお姫様。」と呼びかけました。そうすると姫は孔雀の羅衣《うすごろも》を涙のようにふるわしてようやく顔を上げました。その眼は春雨にうたれた十六夜《いざよい》の月のように美しく悲し気に光って居りました。

「何がそんなに悲しいのですか。」ともう一度美智子が尋ねますと孔雀は夢からでも醒めたようにきょとんとして、

「私は泣いていましたか。」と云いました。

「あらまあ、貴方はあんなに泣いていらしたのに――もうお忘れになったのですか。」艶子さんは孔雀

の答えが余り意外だったのでこう尋ねずには居られませんでした。私だけは孔雀の答えを驚いたよりも艶子さんや美智子がよくそんなに平気でそんなに珍らしい姫様と平気で話すことが出来るものだ、とそればかりを驚いていました。で私は何だか怖ろしくなったような気がいたしましたので、

「ねえ美智ちゃん、もう帰ろうや。」と、そっと美智子にささやきました。

「随分、思いやりのない兄さんね。」と美智子は叱るような顔付で云ったのには、私はほんとに驚いてしまいました。余り美智子が孔雀に親しみを持っているので「こんなお友達があるの。」と私は尋ねて見ようかとさえ思いました。

「美智子さん、私のお庭へいらっしゃいませんか。」突然孔雀はこう云いました。

「ええ行きましょう。」泣いていた孔雀を忘れてしまったように美智子と艶子さんは答えました。私はどうしていいかわからなくなりました。随分ばかげたことですが私は魔法使いの悪婆がこんなものに化けて二人を欺そうとしているのではないかと心配し始めました。――私だけが魔法にかからない、尋常の考えをもった者だと思いました。

その中に孔雀と美智子と艶子さんは手をとり合ってそろそろと歩き始めました。――さあ大変だ、と私は思いました。――戯談《じょうだん》じゃないぞ！　と私は力をいれて呟きました。

三人は面白そうに歌などを唄いながら、どんどんと歩いています。

「おいおい、人を欺すのもいい加減にしないか。もう家へ帰らなければいけないよ。」と私はおろおろ声で云っているにも係わらず、三人は後さえ振り向きません。私はお隣りの赤ちゃんを縁日に伴れて行って迷児にしたような不安に駆られながら懸命に三人のあとをついて行きました。三人の歩みはだん

だん早くなって私との懸隔が余程離れました。「どうしたってえ事なんだろうな。」と私は寧ろ焦れ度くなって、がまさか二人をこの儘に棄てても帰れないなどと思いながら矢張りついてゆきました。

「おいおい牧野じゃないか。」ふと私を呼ぶ声がしたので、私は驚いて振り向くと、それは私の親友の浜野じゃありませんか。そら、先月「赤い夢」という詩を書いた、ね、皆さんもよく御存じでしょう。浜野英二――。

「今君の処へ行ったらね、たった今銀座に行くと云って出掛けたそうだったから急いで来たんだ。少し用があるんでね。」

「ああ、そう、だが……」と私はそこどこではありませんでしたから非常に慌てて「早く美智子を追いかけて呉れ。」と云いました。すると浜野はあっけに取られたように私の顔を視詰めましたが、突然《いきなり》、

「ハハハハッ、戯談じゃない、何を云っているんだよ。」と云うのです。

もうその時は、三人の後姿が蝶のようにちいさく私の不安な視線の的にチラチラしているばかりでした。

三　不思議な花火

浜野英二

昔から、鷲に浚われたというお噺は、よく聞かされましたが、綺麗な少女が、一人まで、孔雀に浚われていったなぞという、思いも懸けぬお噺は全く初耳だったので、幾ら、牧野君が、周章《あわ》てて「そら、追っかけろ……さあ、大変だ。」なんて、じたばたしても、さほど、こちらでは、驚きも、恐れもしません

でした。

　これが印度の山奥とか、何んとかいうのなれば、また、奈何《どう》にか、辛棒もいたしますが、頭の上を飛行機が飛ぶ、この東京の真中で起った出来事としては、幾ら考え直しても承知が出来ません。ところが不思議なことには、丁度、牧野君の「嘆きの孔雀」が皆さまのお眼に留ったその日から、美智子さんと艶子さんの姿が、ふっつりと何処へか消えて仕舞いました。怎《こ》うなれば、私も少々気になり出しましたが、未だ、「まさか――」位に、多寡を括って居りました。若し、私が、この不思議な出来事――後で、緩くりお話し申しますが――に遭遇《でくわ》さなかったら、牧野君の言い草じゃないが、「何を云ってるんだい……」位の挨拶で、永遠に笑って除《の》けて仕舞ったでしょう。

　ところが、大正九年三月一日。今日、私は到々牧野君のお噺に裏書を仕なければならなくなりました。其《そ》うです……矢張り、本当だったのです。あのお噺には、微塵の混りっ気も無かったのです。

　手っ取り早く申しますと、まあ怎うなんです――丁度、お午少し過ぎ、私は日本橋まで用達に到《い》った帰りに、尾張町の乗替場で、散々電車を待ちましたが、来る車も来る車も、皆、満員で、とても、割込めそうもありません。到頭、根が尽きて諦めて仕舞いました。

「何処か、鳥渡《ちょっと》寄って行くところは、無いか知ら。」――怎んなことを考えながらも、自然《ひとり》でに、両脚《あし》が南へ南へと、運ばれて行くのです。何時の間にか、私は時事新報社の受付の前に立って居りました。

「「少女」の牧野君はいらっしゃいますか。」

「少々、お待ち下さい……イヤ、牧野さんですね、今、何処かへお出掛けになりました。」

少《ち》っちゃい、坊主頭のボーイさんが、私の云うことが、よく聞き取れなかったのか、怎んな言葉を、くるめて、投げつけるように云い放つと、いきなりぴっしゃりとガラス窓を閉めて仕舞いました。所在なげに、街路へは出たものの、何処へ行こうという目当なぞは勿論ありません。それから、五六分も間を置いて、私が帝国ホテルの通りをふらふらと歩いて居た、なんていうことは、一秒前の瞬間には、決して想像さえも許されなかったことなのです。雨上りの勢《せい》か、アスファルトの往来から、いやに水蒸気が、立ち昇って、妙に日の前に、チラつきます。

「おやおや、何時の間にか、春がやって来たぞ……」

今、横町から駈け出して来た手品使の支那人も、自働車の上から葉巻の吸殻を投げ棄てて行った異人さんも、傾き懸った黄いろい日射しに、睡毛《まゆげ》をはたいて、一様に、誰も彼もが、恁う呟いたことでしょう。しかし、まさか、この場合、帝国ホテルの面《おもて》門から、真赤なパラソルを翳した少女が二人、忽然《だしぬけ》に飛び出して来よう、なんてことは、誰一人として考えも及ばなかった。「全き春の景物」——実際、恁ういうより他に言葉が見当りそうにもありません——だったのです。

之れには、私も少々ど肝を抜かれました。いや、何うして……ど肝を抜かれた位の騒ぎじゃ、とても納まりません。

この少女の、真中から綺麗に分けた金色の頭髪に、丁度絹糸ででも拵えた彗星《ほうきぼし》のような孔雀の羽が一本ひらひらと翻えって居る。しかも二人ながら、すっかり扮装《いでたち》から容貌《かおかたち》まで、異人さんでありながら、それが、寸分違わぬ美智さんと艶子さんじゃありませんか。

何んな、偉《すぐ》れた魔術師でも、いえいえ、神さまでも、若し、恁んな「神秘《ふしぎ》」が、お目に留まるなれば、その種明かしの為めには、甘んじて、いかな苦業でもなされることでしょう。

「早く、呼び留めなきぁ。」って、其《そ》う、皆さんのように、おっしゃったって、何うして何うして実際この場合私には口を開けるというただ之れだけの智慧さえ、見付けるのに、まご付いて仕舞ったのです。さあ、奈何《どう》いったらいいかしら。——私の頭は、大きな鉄槌《かなづち》ででも、打ちのめされたように、一度にぽろぽろになって仕舞いました。

その途端に一人が、

“What a charming day!”

と、云い放つ語尾さえ消えぬ間に、今度は、も一人が、“What a glorious day it has been.”

と、続けました。

意外なこの言葉に、驚かされてやっと自分にかえった時は、最《も》う二つの真赤なパラソルが風車《かざぐるま》のように、くるくると廻りながら、人波に揉まれて、日比谷公園の大門の中に、吸い込まれて行きます。——恁ういえば、この間に随分無駄な時間でも差し挟まってるように聞えますが、私の眼が、二人の薔薇のような可愛い唇を捉え、私の耳が、あの銀鈴のような優しい声を捉えてから、手を一ツ敲《たた》く間もなく、最う二人の姿は、蝶のように小さくなって居りました。

「うっかり仕ちゃいられない。矢張り美智子さんと艶子さんなんだ。」

私は心の上にこの言葉を打ち込むと一緒に、今度は弾丸《たま》のように一筋に後を追って、公園の大門へ駈け込みました。

広い運動場を通して、一と通りずうと見廻して見ましたが、一向、それらしい姿も見当りません。次には、一ツ一ツ米粒でも選り分けるように、隅から隅まで隈なく索め歩きましたが、矢張り見当りません。

「どうしたのだろう。そんな筈は無い。確かに大門までは突止めたんだが。」——到頭私はこんな真似まで仕出かしました。まるで、活動写真にでも出て来る名探偵××君といったような疑猜《うたがい》深い眼を据えて、胸の中に、夫れからあれへと、捜索の寸法を決めました。恁うなると、妙に、腹が坐って来て、何うしても、この不思議な孔雀の所在を、突き止めねばならぬという決心の臍を固めましたものの、直ぐその後から有らゆる努力も、結局はことごとく無駄な骨折に終って仕舞いました。

「駄目？　駄目？　……」——全てが、恁う、すっぱりと諦めが付いて仕舞った矢先に、突然、ストーンと大きな音がして、音楽堂の裏手の木立から、花火の筒が切り放たれました。

戯談じゃありません。

一羽の孔雀が、二人の少女を、ぴっしゃり羽がい攻めにしたまま、ずんずんずん大空のただ中に吸い込まれて行くじゃありませんか。

私は、ただ恐ろしい夢にでも魘《おそ》われたように、この不思議な花火を見つめた儘、訳もなく手を打って踊り上りました。（それは、決して鉱夫が見失った鉱脈を、やっとの思いで探り当たからの喜びではなく、ただ仮そめの果《はか》ない喜びに過ぎません。）

後で聞いた話ですが、この不思議な花火は浅草の十二階なんか、からも、よく見えたそうで随分、かしこ、ここで、とかく噂の種とされてるようでございます。何んでも夕方からのこの大雨は、孔雀の泪なんだそうで、今も銭湯で老人《としより》の談《はなし》なんですが、昔から、こんな例《ためし》は幾らもあるそうで決して、珍らしくはないということでございます。夫《それ》にしても、どうも腑に落ちぬのは——孔雀のお姫さまの御身の上としてゆめゆめ一滴《つぶ》の泪も流される筈はないと思われますが。

浜野くん、戯談じゃない。さあ愚図々々云ってないで僕と一所に追いかけて呉れ。僕の眼にこんなに涙の浮んでいるのがまさか君には見えないのではあるまい。

皆さん、私は美智子と艶子さんを追掛けるのでとてもお嘶などして居る間がありません。若し美智子と艶子さんをさらわれてしまったら、私は母に何と申訳したらいいでしょう。（信）

灯《ともしび》は消えて、扉は鎖《とざ》されぬ
暗々の空、星はいづこに。

いづれの方《かた》よりか
足音のひびきぬ——喜びの音。

若人は驚きて目醒めり
燦たる灯火——眼に落ちぬ。

と、行く色の宝石《たま》を飾り青衣を纏いし

ひとりの舞姫の現れたるなり……。

（タゴール）

四　恐ろしき刹那

二人を追い駆けて私は夢中で駆けて居りましたが到々その姿を見失ってしまいました。東京の真中に居る筈の私なのに、私には今自分が世界の奈辺《いずこ》に居るのか解らなくなりました。それ程に、その時の私の周囲は不思議な色をもって覆われていたのです。これは屹度何か心の迷いに異いないと私は思いましたから心を落着けて、目の前にふさがった霧をはらいのけましたが――その努力は結局水の泡でした。五里霧中とは全くこのことです。その中にもあたりに立ちこめた霧は刻々と深くなって参りました。一寸先も見えなくなったのです。うっかり一足でも歩いたら――こんな不思議なところなのですから、何時千尋の湖へ落ちて仕舞うかも知れません。で、私は心ばかりは矢のように急いで居るのですけれど、どうしても立往生をしなければならなくなって仕舞いました。霧が深くなるとあの勇しい軍艦だって止まらなければならないと云われて居りますが、全くそれに出遇ったことのない方には想像も及ばない程恐ろしいものなのです。

もうこれだけで充分動きがとれなくなったのに――天はどうしてこの罪もない私をどこまで苦しめるつもりなのでしょう、にわかに激しい雨が私の呼吸を圧するばかりに降って参りました。私の頬を打つ強い雨は、轟々という恐ろしい音をたてて居りました。

この時の私の心持は到底口や筆では尽すことは出来ません――私は一体どうなることでしょう。それよりも美智子と艶子さんは何処へ伴れてゆかれて——今頃はどうして居ることでしょう——雨と霧は益々深くなりました。私は呼吸《いき》さえ困難になりました。勿論声など立てられません——顔に滝のように激しく雨が当っているのですもの。いくら勇気のある私でも——全くどうする事も出来なくなりました。涙など滅多にこぼした事のない私ですが、この時ばかりは玉のような涙が知らぬ間にほろほろとこぼれて居りました。自分の命ということよりも、美智子と艶子さんをなくしてしまったことが皆な私の責《せめ》なので——それに当惑しているのでした。

どうにかしなければならない、と焦れば焦る程霧と雨は毒瓦斯のように私の口や鼻を侵して来ました。丁度夢の中でお化に追いかけられて、逃げようと悶けば悶く程身体の自由がとれない時のようなのが、夢ではなく目の当りに打突《ぶつ》かったのですから、いくら強い私だってどうすることも出来よう筈はありません。私は地面へどっかり坐って仕舞いました。——と同時に家で心配している母や友達の顔などがまざまざ写って来ました。

私は何という親不幸なことをしてしまったのだろう、友達はどんなに心配して私達の行衛を探している事だろう——私は羽織を脱いで顔を圧えて仕舞いました。私はこの儘激しい霧と雨とに息の根を絶たれてしまうかもしれなくなりました。

少し雨の音が小さくなりましたので——それ迄はとても眼を開《あ》く事などは出来なかったのですが——私はそっと羽織の隙から顔を出して見ました。——すると、まあ、どうでしょう——何という美しさでしょう、雨は五彩に輝いて居るじゃありませんか。そうして霧は低く降りた虹なのでしょうか、七色の光沢をもって居りました。今度はその美しい雨と霧が火焔のように渦巻いておそって来ました。

いよいよ駄目だ――もう息が止まって仕舞おうとした瞬間！

なんとした不思議でしょう！

雨はぴたり、とやんで仕舞いました。霧は丁度孔雀が羽根をつぼめるように見る見る消えおさまってしまいました。私はぐったりとして野原へ倒れてしまいました。死から救われた私は大変に疲れてしまったのです。

すると私の目の前に又孔雀が現れました。然も先刻と同じような姿で、同じようにさめざめと涙をこぼして居るじゃありませんか！　私はギョッとして立ち上りました。

――もう、そんな涙に欺されないぞ、と私は五体にウンと力を入れて――

「二人をかえして下さい。」と震えそうになる声をやっとおさえて云いました。孔雀は星の様に美しい瞳――然も銀の雨に打たれてぼっと滲んだ春霞の底から瞶めるような美しさで――顔を上げました。そうして暫く沈黙がはさまれた後に、

「私の話を聞いて下さい。」と、止絶れ止絶れに次のような話を初めました。私は嫌だとも云えませんし、その中に二人の事を孔雀が云い出すかと思いながら、その儘耳を傾けました。

五　孔雀の物語

「私は決して魔法使いではありませんから安心して下さい。お話はずっと前の私の身の上から申しませんと解り憎いのですから、まあ暫くの間辛棒して聞いて下さい。

私は実を申すと舞姫なのです。印度の貴族の娘に生れましたが、私は幼い時から舞が大変上手なのでした。そうして私の声は王宮の音楽師に涙をこぼさせた程麗わしいのでした。その上私は生れつきこの様に美しい姿を持って居りましたから――私が七つの時初めて家の露台《バルコニー》で、月夜の晩に、お月様のために、私の即興詩を歌いましたら――たちまちそれが評判となったのです。王様は私のために金の冠を、西蔵《チベット》からわざわざ鋳物師を招いて作って下さいました。王妃は銀の首飾を、御自身のをはずして下さいました。夜露にぬれた花園の薔薇は、露台《バルコニー》に立った私の着物に雨のように香水をふりそそぎました。その夜の私の姿はどんなに美しいことだったか、とても今は申されません。然し今もこんなに美しい私の姿を目の前になさった貴方はその光景を想い浮べる事は容易《たやす》いでしょう。月は凝とたたずみました。ガンジス河はその夜に限って流れを止めたとも云われて居ります。

貴方はほんとうに幸福な方です。この美しい私と話を交すことが出来るとは何という幸福な方でしょう。私の国では神より他に私を見ることが出来ませんでした。（と孔雀が誇り気に云いましたが、私はそれどころではありません。美智子と艶子さんのことが心配で。）

私はそれからというもの、どうしても舞姫になろうと決心しました。兼々話に聞いて居ったインドラニーの森にアブサラという神女の群があるという事を知って居りました。アブサラの神女は人魚のように美しいのです。インドラニーの森には昼と夜の差別がなく年中花が咲き乱れて小鳥はさらさらと流る小川の岸で歌って居るのです。神女の仕事というのは、ただ歌うことと舞うことだけなのです。アイラーヴイタと称う白鳥の形をした舟に銀の櫂でさおさしたり、蘇摩と称う美しい飲物を飲んだりして、永遠の春で永劫の月と星とのために心ゆくばかり歌うことだけが務なのです。

一国の中でただひとりの最も美しくそうして最も清らかな少女はアブサラの神女になることが出来るのです。アブサラの国では「虚偽《うそ》」ということは一言も許されないのです。ただ「美」という一字だけが在るのみなのです。世の中では形だけが美しければ大概の場合は通りますが、そこでは形より以上に心の美が必要なのです。月の清光に歌うたう乙女はその心はいつも空のように澄んでいなければならないのです。こういう意味で凡ての点から「美」として許された美しい乙女だけがインドラニーの森に入ることが出来るのです。その森に入れば「老」というものがありません。美しい乙女はいつまでも美しくいつまでも清らかに、悲しみや苦しみから離れて——永久に楽しく暮すことが出来るのです。

私は私の声がそのように美しく、そうして私の舞が王様のお誉にまであずかった程大したものなのでしたから、私は屹度アブサラの女神のお仲間入が出来ることだろうと信じて仕舞いました。

そこで私は、一夜、それは月の美しい晩、花園の薔薇を惜し気もなく踏みつぶして——」

と孔雀が続けようとした時、私はいつまでたっても美智子のことを話し出さないので、もうそれ以上聞いてる余裕がなくなりましたから、

「時に私は大変にあの二人の事を心配している者です。話の中ですが、どうか二人の行衛に就いて先に話して戴くことは出来ないものでしょうか。」と尋ねました。

そうすると孔雀は急に怒りの色を現して「貴方は何という愚な問をなさる方でしょう。ほんとにあきれて仕舞います。世界中何処を尋ねたって今私が話そうとする位美しい噺は決してないのですのに貴方はこの話を聞き逃せば屹度後で後悔しなければなりません。私がこれからどんなことを話すか——ゆっくりと貴方は聞いて居なければなりません。私は何という親切な孔雀でしょう。」と云って私を睨めま

した。

――私には、少しも孔雀は親切だとは思えませんでした――それが親切なら、もっと孔雀にとって容易なことで私にとっては親切なことが控えているではありませんか。私はもじもじしていると、かまわず孔雀は話をつづけようとしました。

すると遠くの方から妙なるオーゲストラの音が静かに響いて参りました。私は思わずその方に眼を向けました。

六　音楽の魅力

「何でしょう?」と私は美しい雲の彼方に響く音楽の方を振り向きながら、孔雀に尋ねました。私の表情と、音声とには屹度、非常な驚きの色が現われていたのでしょう、孔雀は私のその声で、――思わず笑い出したのでしょう、白い花のように美しいその掌を、薔薇のような口唇に当てて――可笑しそうに笑いました。と、その孔雀の笑い声と、同じように、恰も音楽は孔雀の指導に依《よっ》て奏されているかのように、その調子《トーン》を低く落してコロコロと鳴り渡りました。

春の曙の夢は千々に乱れて薄紅の微笑《ほほえみ》、カラカラと鳴り渡る銀《しろがね》の噴泉、一片《ひとひら》の花弁、フッと吹けば涙を忘る――泣いて泣いて泣き明した後の清々しさ……と、このようなとりとめもない言葉を持って形容するより他、その不思議な音楽に恍惚としている私の心地、いやあの時の何とも云えない神々しい、それでいて華美な、周囲《あたり》の雰囲気を説明する術を私は知りません。私の坐っている芝生に炎ゆる陽炎の果は、低く降りた五彩の雲となって居りました。

いつか私の心は――悉くの心配を忘れてしまって、空と同じように綺麗に澄み渡っているのを感じました。私に、あれ程の大きな心配の前に動いている私に――何の憂慮も起させず陽光に浸るが儘に夢心地に入ろうとまでさせた、――その美しい光景は、想像にお任せいたすより他はありません。私は静かに眼を閉じました。眼眦《まぶち》に滲んだ黄色の光りは――鍵《キー》に奏でらるる夢幻曲の譜となって、静かに、そうして快活に、蝶の如く悦びと悲しみとに充ちて踊って居りました。

ちょっとここでお噺は本題から離れますが、今私は「蝶の如く悦びと悲しみとに充ちて」と云う言葉を用いましたが、悲しみと悦びとを同時に感ずるという言葉を少しばかり説明いたしたいと思います。

例えば、皆様が一日を学校で愉快に快活に暮して、と云ったら、「そう愉快なことばかりがありゃしませんわ。」とおっしゃる方もありましょうが、が然し、ちょっと黙って聞いて居って下さい――「宿題の和文英訳をやって来た方は手を挙げて御覧なさい、昨日は日曜なのでしたから、まさか忘れた方はないでしょうね。」と先生が厳かにおっしゃった時、やって来た人は、待っていました、と云わんばかりに、先生の眼を射すように鋭く、手の先を威勢よく風を切って挙げるでしょうが、忘れてしまった艶子さんは――「だって、だって、先生も酷いわ、何のための日曜でしょう、日曜に勉強を、だって無理だわ。」と憤々としてでもそんな事は思うだけで、――黙って下を向いているより他、両頬がだんだんあつくなるのを感じながら、その時の苦しみはとてもとても口や筆では――と艶子さんは「それでも学校は楽しいことばかり、とおっしゃるのですか。」と、

そんなことを云ったってそりゃ駄目ですよ、それはあなたが悪いんですから、それでも、ね艶子さん、

よくおききなさい、学校が退《ひ》けてさ、そんな事で大変心配した為か、家へ帰って袴を脱いだ時にはお腹がクウクウと空いて、気持の悪い程空いて、――お母様から戴いた大きなカステラを五つも夢中でたべて仕舞った時、ね艶子さん、

　机の前に坐って、いざ復習に取りかかろうとすると、眠くなるでしょう、とさっき学校であんな苦しい思いをしたが、家へ帰って見ると、あれもやっぱり考えようでは楽しいことだった、というような気がしやしませんか、カステラを喰べて仕舞ってお腹は張った、それはたしかに悦び、悲しかったさっきのことも今は何となくなつかしさが湧く……その二つの心をフウワリと包んだ夢心地、……ね、解ったでしょう、まだ解らなければ他の例を引いていくらでも説明しますが、ね、とにかく、悲しいと思ったことも凝と考えて見ると嬉しいことになって来ます。嬉しいと思ったことも凝と考えて見ると悲しくなって来るものです。――その悲しさと嬉しさ、つまり感情の最後の一点のある静かな気持、少し六ケ敷い言葉を用うとその静かな気持を「法悦」と人々は云って居ります。冬の夜の暖かい静かな室、春霞の軒に煙る浅春の宵――凝とただひとり机の前に坐っていると、大抵の方はこの法悦の気持に入ることが出来るだろうと思います――意味のない悲しさと悦ばしさとに感ずる淡い涙、支那の有名な詩人白楽天が「春宵の一刻価千金」と云ったのも、つまり「法悦」の喜びをうたったのであります。

　で、お噺に入りましょう。私のその時の気持は明らかに「法悦」に入ったのでした。いつの間にか私の頬には嬉し涙がハラハラとこぼれて居りました。

「あなたは悲しいのですか。」と孔雀は不思議そうに尋ねました。

「いいえ、――悲しいどころではありません、私は嬉し涙をこぼしているのです。」と私は心の儘を答

えました。

「何がそんなに嬉しいのです。」

「何がって、わかるじゃありませんか。」

「私には少しもわかりませんが。だって貴方は今が今迄、美智子さんと艶子さんの行方をあんなに心配していらしったじゃありませんか。」

「――――。」私はそう孔雀に云われても……少しも美智子と艶子さんのことを心配し始めませんでした。何故なら、その音楽の響は依然雲の底から、低くなったり、高くなったり、止絶れたかと思うと、直ぐにパッと開いた花のように聞えて来るので、私は決して音楽から心を離すことが出来なかったのでありマす。

孔雀は切りに何やら小さな声で呟いているようでしたが、――もう私には孔雀の云うことなんか、てんで耳に入りませんでした。

その音楽が若し「悦びの歌」を奏したならば、私は屹度胸の喜びがおさえ切れなくなって、五体を震わせたでしょう、その音楽が若し「悲しみの歌」を奏したならば、私は屹度、あふるる涙を止めることが出来なかったでしょう――が、音楽の調べは、嬉しいとか悲しいとかという小さな区別を見出さするような単調なものではありませんでした。

ギーン、と鳴った一つの音階のうちに、朝日に面した時のような喜びと、大海に面した時のような悲しみを同時に思うことが出来ました。一つの音階、一秒間の音にそれだけの大きな感情を持つことが出来たのですから、それがギーン、ヴィーン、ギーンと続けて鳴れば、悲しみや喜びを感じているいとまます。がありません、ただぼんやりと、然も張り詰めた心で——凝と法悦に浸っているより他はないのであります。

——何という不思議な音楽でしょう。何という魅力を持った音楽でしょう。何という素晴しい音楽でしょう。これ程、崇厳な、これ程崇大なこれ程崇美な、然もこれ程微妙な……静かな音楽が、私達の住むこの世界に又と見出すことが出来るでありましょうか。

「ああ自分程幸福な人間があるであろうか？」と私は思わず呟きました。

「そうです、あなたはたしかに幸福です、ですから私はさっきから、あなたは幸福なんだ、と何辺云ったか知れないじゃありませんか。」

「いいえ、いいえ、それは異いますよ。」

と私は答えました。「あなたのおっしゃる幸福というのは、私には未だわからないのです。私は何もあなたに出遇ったことを幸福だ、と思っているのじゃありません。そんな意味でなら私は初めから不幸だと思っているのじゃありませんか、そうあなたのように、うぬぼれの心でいられてはたまりません。私はあなたが御自分でおっしゃる程、美しい方だとは思って居りません。実を云えば、あなたがそうしていることとさえ私にとっては飽きているのです。早くどっかへ行ってしまって下さい。あなたのような虚言者《うそつき》と言葉を交えるのも厭になりました。」私は一人で静かに音楽を聞いていたくて堪りませんでしたから、それが為にこんな乱暴な言葉を吐きました。孔雀が怒って去って仕舞うことばかりを望んで。

「ハハハ貴方は随分馬鹿ですね。」孔雀は怒ると思いきや、反って誇り気に打ち笑って「一体貴方はあの音楽は誰れが奏でていると思っているのですか。」

「そんな質問に答える言葉を持ちません。私はこうして聞いていさえすればいいのです。貴方は早く其処を去って下さい。邪魔で仕方がありません、ほんとに煩い孔雀だ。」

「ハハハ。」

「何を笑うんだ、煩い。」

「だって私は笑わずには居られません。」

「余り人を馬鹿にすると……」と私は今にも立ち上ろうとした時、孔雀は落付はらって云いました――。

「静におしなさい。貴方がそれ程讃美なさる、あの音楽は、そんなら教えて上げましょう、驚きなさいますな。――。

あれは私が奏でているのです、と云っても悟りの悪い貴方には解らないでしょう、ね、あれは皆私の声の反響《こだま》なんですぜ、私のこの麗しい声、今こうして貴方に話しているこの声が、森や河にこだましているのです、それを貴方は音楽だなんて思っているのです。どうして笑わずに居られるでしょう。そんなことじゃとても美智子さんや艶子さんの居所なんか解るものですか。もっと、落着いた心と入れ替えておいでなさい。Poor Young Fellow!（あわれな若者よ。）」孔雀は極めて冷かな微笑を浮べて居りました。

七　再び孔雀の物語

今の説明で孔雀の姫が如何に美しいか、という事が大体お解りになったでしょう。それ程迄に見誤って仕舞った私は、で、もう、まるで孔雀に頭が上らなくなって仕舞いました。この上は孔雀の従者にされても決して返答することは出来なくなったのです。私の眼からは、それが自分にも何の為に流るるのか解らない涙がひとりでに頬を伝うているのに気附きませんでした。私は美智子のことも、艶子さんのことも、自分が何の為にそうしているかということも、すっかり忘れて仕舞いました。私の気持は明らかに「幸福」を感じて居りました。となると、私にもっとも不思議な事は、孔雀が、かくまで美しい孔雀が、到底《とても》私達の世界では想像するさえ許されぬ程荘麗な孔雀の姫に、どうして悲しみなどというものがあるのだろう、と訝らずには居られなくなりました。人の世で最も美しいと称されたあの羅馬《ローマ》のクレオパトラ女王には決して悲しみはなかったものと思われます。ユダヤ王の姫サロメもその身が美しかったばかりで死ぬ迄嘗て一度も悲しみというものを感じたことはないと思われます。それだのにこの美しい孔雀が、クレオパトラだってサロメだって楊貴妃だって虞だって美しさに於て到底この孔雀の姫の一筋の髪にすら及ばぬ、幻の花にも人の世では許されぬ、この美しい孔雀が、何故《なにゆえ》にあのように泣いて居たかを何よりも不思議がるのは無理もないことではありませんか。で私はクレオパトラやサロメの例を引いて、何故貴方はあのように嘆いていらっしゃいましたか、と言葉を更《あらた》めて新しく問いかけました。

「だから今その理由を話し始めたところなのではありませんか。それを貴方は、私の声を音楽だなどと聞き違えてそんな事ではとても私の話を聞く程の資格がありませぬ。」と笑いましたが、私は、おっしゃる通り哀れな若者なのですからどうぞお聞かせ下さい、と熱心に云いました。

「とんだところで貴方が余計な騒ぎを初めたので私はどこ迄話を運んだか、すっかり忘れて仕舞いました。」と孔雀が云いますので、私は、――一夜。それは月の美しい晩花園の薔薇を惜し気もなく踏みつぶして――アブサラの女神のお仲間入りをするべくそっと御殿を忍び出たところ迄だ、と申しますと

「ああ、そうでしたね。貴方は感心に私の云った言葉の儘を忘れませんでした、ではその先を話して上げますから此度こそはほんとに私の話を聞くことの出来る貴方は世界の誰よりも幸福な人に違いないのですから、おとなしく聞いて居なければなりません。」と云って、いよいよ話を続けて呉れることになりました。（孔雀の話の大体の筋はざっと次のようです、簡単に荒筋だけをここに誌します。）

宮殿からインドラニーの森までは七つの峠と三つの河とを超えなければならなかったのであるが、その時翼を持ったガルダという神が現れて、

「姫よ、もし汝《なれ》が麗わしき声もてわが為に祭り歌ツルカヅルカを歌い給わば、われは一時の間に汝をインドラニーに運ぶべし。」と云ったので、姫はどうして行こうかと思案していた処なので早速ツルカヅルカの一節《ひとふし》を歌った。ガルダは喜んで姫をインドラニーに運んで呉れたのであった。

姫が森に着いた時は、神女達は河の岸で蘇摩酒に唇を浸して白鳥形の舟アイラーヴィタに乗って河上に掉さしてゆかんとしているところだった。姫が駈け寄って、こうこういうわけではるばると来たのだから是非ともお仲間へ入れて下さい、と頼むと神女達も大変に悦んで「では直ぐにこれへお乗りなさい、私達は今丁度女王のパルヴアティの宮へ行くところなのですから。」と、一本の銀の櫂を呉れたので、姫は、思うとおりにいった、と望んでいた夢がその儘現れたので雀躍りして船に飛び乗った。神女達の纏う羅は、両岸の此処彼処《ここかしこ》から囀り渡る小鳥の声にも、ヒラヒラとたなびいて緑なる春の河を静かに昇って行った。

女王パルヴアティも他の女神達と同じように姫の入来を殊の外に悦んだ。そうして姫に白孔雀の羅と金の立琴とを呉れた。これで姫はどこから見てもアプサラの女神になることが出来たのである。

許された言葉を用いて説明するならば正しくインドラニーの森は「天国」と呼ぶことが最も当を得た言葉に違いなかった。（五章参照）天国にその身を置くことの出来た姫は勿論幸福に酔うことは出来た。然し姫は目の前の幸福だけで酔うことが出来なかった。姫はやはり父の宮殿を想い出さずには居られなかった。花園の露台《バルコニー》で薔薇の香に包まれて、ただひとり月に歌った頃を想い出さずには居られなかった。その頃は「幸福」の森のことばかりを夢見て、現在の自分を寂しい者だと思った。然しその頃のことも思い出という霞を透して見るようになって見ればやはり美しいものには違いなかった、悦びに違いなかった……どうして憧憬《あこがれ》の心などを起したのだろうかと不思議にさえ思わるる程楽しい夢の中に居たのに、と思われた。

ある日の事、姫は女神達の群から離れて小川のほとりにただずんだ。鏡のようにすきとおった河の面を瞶めていると、奇麗な自分の顔がはっきりその中に写って居た。水面《みずも》をふるわす風の吐息は毛程もなく、澄むが儘に澄んだ水底は、紺碧に晴れ渡った空の色をその儘にくっきりと写していた。

姫は凝と瞶めた、物に憑かれたかのように身動《みじろ》ぎもせず凝と瞶めた。すると、姫の頭に妙な考えが浮んだ。――――。

――こうして、ものを考えている自身と、水の中に写った自身と、一体どっちがほんとうの自分なのだろう、と見れば、周囲の景色と寸分異わぬ景色が、やはり水の中にもある、水というものがそこにあってそれがために写し出されているものとは、どうしても考えられぬ程はっきりとして、直ぐ自分の足許に横っている、一体どっちがほんとの世界だろう、と疑わずには居られなくなった。下に見ゆる世界の方が、と思って見ると、同じものではあるが、どうやら上の世界よりも美しいようにさえ見えた。写っている自分の方が本物（？）の自分より美しいようにさえ思われた。この中に飛び込んだら、もっと立派な世界へ行かれるような気がした。姫はまた憧憬の心を起した。水の世界からは今にも「美しい姫よ、少しも早く来れよ。わが世界では御身の御入来ばかりを待ちつつ、かくの如く麗わしく装飾して、ただそれのみを待ちつつあるよ。」という声がしそうだった。

「たとえ其処は神女の住むインドラニーの森とは云え、かくも美しき姫が住むには未だ足りない。姫よ、かくも美しき姫よ、御身の幸福は未だ充たされていないのである。インドラニーの森よりも、はるかに美しい世界のある事を、御身は未だ知らないのであろうか。不幸なる姫よ、あわれなる姫よ、美しき姫よ。」という声が響いて来るのを感じた。

「いっそこの森をも逃げ出して仕舞うか。」と姫は呟いた。と思うと森の中にも至る処に不満足を感じる処が眼に付いて来た。事実女神達よりも美しい自分が、女神と同じように不平なく歌っていることも、姫は、飽き足りない、と思った。国の宮殿に居る頃は、人々が口をそろえて詩歌をとなえて姫の美しさばかりをたたえたけれど、森に来てからは神女達ばかりなので、それ程姫の美しさを称える者はなくなって仕舞った。「これ程美しい私の身を。」と姫はこれも不満足に思った。

「私は女王でなければならないのだ、歌姫としては余りに美し過ぎる、私は仲間というものは必要がないのだ、ただ私の生れ出たことは、世界が私を女王となすべく運命付けたのである。」と姫は思った。で、更に女王となるべく新しい国を発見に出掛けよう、と決心した。

　すると姫の眼前に見慣れぬ二人の神が現れて、「姫よよき処にお気附なされた。私達はそれを待っていました。姫の行くべき真の世界は私達が知って居ります。私達は姫を女王としてお迎えに参ったものであります。さあ御案内いたしましょう。」と云ったので、姫は水面から眼を離して声の方へ振り向いた。

姫はその二人の神が何者であったか少しも知らなかったが、実はその二人はシヴァとパンチヤーナナという「破壊」を司る恐ろしい神なのである。

(註)。今ここに私が現わす文字は一つの文章ではありません、本当はここに楽譜を作って挿入したいのですが相憎私はその術を知りません、で仕方がなく文字を連ねました、ですからこれは物語の筋だと思ってはいけません、大きな音楽堂で崇大な管絃楽《オーケストラ》を聞いている心にならなければならないのです、チョットむずかしい注文ですがね。で、意味はわからなくも少しも差支えないのです、ただすらすらと通読して下さればいいのです。今あなたの目の前に「嘆きの曲」が弾ぜられようとしているのです。音楽には意味はありません、静かな心で凝とその響きに聞き入ればいいのです。いいですか、そのつもりで読み返しなどしないでスラスラッと(骨牌《かるた》を読むような調子で)、一息に読み終って下さい。

若しその時あなたの胸に音楽を聞いた後のようなさわやかな悲しみと悦びとが烟りのように残ったならば、それで、――ただそれだけで、私は充分な満足なのであります。

八

THE VALLAY OF LAMENTATION.
嘆きの谷

（無韻長詩扁）

嘆こう心――
震えゆく心のおののきを忍びて、われはただひとり嘆きの谷の霞みに咽せび泣きつつ、うたかたの夢なりしかど、われ歩み来し道を見返れば
嗚呼、いまは、はや嘆かんにもよしなし、向日葵の花の誇りは朝《あした》の露に滅び、夜鳥の瞳に映えし銀《しろがね》の月光、また海のあなたに沈みて、闇に踊る青衣の悪魔は地に伏してわが方を視詰《みつ》むのみなり
せめてもの願い、われはわが想いの夢、黄昏のひと時に咲く紫の虹とも、北国の真夜中に映ゆる極光とも、あわれ騎士《ナイト》が戦いに破れし青銅《ブロンズ》の盾にふりそそぐ銀《しろがね》の涙ともならば、と祈らんにも力は尽きぬ
――金の紘《つる》もて張れるわが喜びの琴は
七色の雲に浮び、または、しじまめく大理石《マーブル》の宮に瑠璃の音色ほがらかにかなでられしわが喜びの琴は

おお、あの音《ね》、あの麗わしき響き思えばかくも嘆きに沈みゆくわが胸に、そは思えば凡て涙の華なれど、輝きの泉ほとばしる、あの金の竪琴の音は
はや、永劫の月の彼方に没したるなり、ああわれは涙なす宿星のふところに入らばや……されど、みめぐみに充ちし瑠璃の輝きこそは、ああ、来《きた》るまじ、われはかく双手さしのべて願えども、はらはらと散り失せし薔薇《しょうび》が花弁を追うによしなし、
「一の扉《と》に到りし時焔はわななきぬ、二の扉に到りし時焔ささやきぬ、三の扉に到りし時、灯火《ともしび》は消えはてぬ」
「ああ、鍵は海へ沈みたるなり、鳴りひびく洞窟《いわや》にいたり、鎖《とざ》せし扉の上に、ひとたびは黄金《きん》の鍵を見出でぬ、かくて開き得もせず、
空しく鎖したる扉を敲くのみ」
怒号せる濤のほのめきは厳に砕けて、あわれわが魂のごとく白鳥の羽毛と化して消えてはまた打ち寄する恐ろしき響き、
われは巌頭に立ちて叫びぬ、友よ友よ、絶れし琴の糸をいかにせばや、羅衣吹く潮風金色《こんじき》の髪を乱して、叫ばんにも声絶えぬ――ああ逆巻く波の中へ、夜の海の底へ誇りの花を沈めんか？　月もなく星もなく、引波の静けさに……。

＊

ここで音楽はピッタリと止むのであります、シヴァに大切な金の竪琴を奪われて仕舞った姫は、悲しみの余り……再びそれを思い出して身を震わして泣き始めたのです。

*

美「何だか活動写真の出来損い見度いね。」
私「そんな事を云うと止めてしまうよ。」
艶「だってつまらないと云うんじゃないからいいじゃありませんか、ね、美智ちゃん。」
美「でも私少しつまらなくなって来たわ、ほんとに兄さんのお話と来たら前置きやら勿体ばっかりで、早起きをしないと続きをしてやらないなんて如何にも大したお話でもありそうだけれど、――なあんだ。」
艶「そう云えばそうね、二言目にはすぐ止める……と、ねえ、」
私「エヘンエヘン。」
美「アラもう怒ったのよ。」
艶「フンガイ?」
美「……でしょう。」
――私の独りごと「彼女等の上に嘆き多かれ。」私は無言で煙草を喫っている。
艶「美智ちゃん私の家へ行かない?」

美「え、行きましょう。」と二人は室を出て行ってしまいました。私は、ウルサクナクッテ、イイアンバイダと思う、それは小雨のしとしとと降る日曜の午前でした。然し私もひとり残されて見ると、雨が降っていては外へ出るのも面倒だ、と思うと少し手持ぶさたになりました。で、私はぼんやりと今の話の続きを考えました。

＊

私の心はさわやかな悦びで一杯になりました、今にも嬉し涙がこぼれはしないかと思わるる位に。それは、凝と、ひとりで空想に耽っていると到底人の世では許されぬ美しい想いが、それこそ活動写真のように不思議にも種々《いろいろ》な形で現われて来るからでありました。

美智子と艶子さんは大変ものにあきっぽいのです、そうして常に新しい事ばかりを望むのです、やすっぽい憧れの心ばかりを起すのです――これよりももっと面白いこと、もっと満足なことがあるに異いない、と思っては種々《いろいろ》なことを求めるのです、然しどこへ行っても決して充分自分を満足させる処はありません、どこへ行っても少し位の不満やつまらない事は屹度あるのですから私達はある程度まではと無理にも現在を幸福なものとして、無暗に憧れの夢に耽ってはならないのです、夢を追ってそれに働いて行くと必ず悲しい思いに突当らずには居ません、完全な場所というところは、たとえそれがゴンドラの月に浮ぶベニスだろうと、決してありません。ベニスの少女はやはりもっといい美しい処があるに異いないと、日本などを憧れて居ります。だから私達は外の形に迷されずに自分の思想だけを養うようにせねばなりません。心の持ちようで、私達は自分の室に坐っているだけであらゆる満足を感ずることが出来るのです。詩は決して涙ではありません、私達の頭の中にはこの世界よりももっと、拡大な美しい満足な世界がある、ということを教えて呉れるものです。文字を読むことの出来る私達は満足でなければなりません、いやいや、考えることの自由を与えられただけで充分私達は悦ぶべきであります。芝居を見て悦んでいる人よりも芝居を見ないで満足出来る人の方がはるかに幸福です、芝居なんていうものはどれでも大概同じようなものばかりではありませんか。音楽会へわざわざ行くよりも、整頓した自分の室で音楽のことを考えていた方が、第一足もくたびれないで、そうしてはるかに美しい想いに耽ることが出来ます。自分が弾いて自分で歌っていれば、いつも私達は愉快に遊ぶことが出来ます——と、こんなようなことを私は美智子と艶子さんに実は話そうと思ったのですが、うっかりその儘云うと「ソラまたお説教が始まった。」などと云って相手にしないので、「嘆きの孔雀」の話を作って——その孔雀の羽毛は烟のように空気の中に漂っていて、人々がちょっとでも不満な憧れを起すとすぐにその心の中にとり入って終《つい》には孔雀と同じような運命になってしまう、あんなに美しい孔雀でもそうなってしまうのだから——ということを話したかったのですが、話に飽きて行ってしまったのだから仕方がありません。

そう云えば今迄の話の筋が大体お解りになったでしょう。それから後も大凡《おおよそ》どうゆう風に終るか、どうして二人を孔雀から私が救け出したか、孔雀は何故二人をさらおうとしたか、孔雀は以何に同情すべき身の上であるか、私は何故心配して孔雀にさらわれた二人を夢中で追いかけたか、という事などはここに私がくどくどと説明するまでもなく皆様の想像にお任せいたします。然しこの話は私に最も興味あるものなのですから、また気分が向いて書き度くなった時には「後編嘆きの孔雀」として最後の筋道を詳しく話す時もありましょう。ここには前編の終りとして「嘆きの谷」の一章だけを皆様のために残して置きます。孔雀の姫は永遠に嘆かなければならない身なのです。

私はこのように慌しく結末を付ける考えは決してなかったのですが、今日はもう是非に及びません――。

その日夕方になって美智子と艶子さんはまた私の室に参りました。二人とも何となくつまらなそうな顔をして居りました。屹度何処かへ遊びに行ったのでしょうが、思う程満足しなかったことなのでしょう。

案の条二人は先程のことを私に謝まって、また話をして呉れと熱心に頼むのでした。然し二人の「金の竪琴」は私の手にだけしかないのですから、二人は、私に「はかないそら頼み」をするばかりです。私は、二人を大変に可愛がって居る者なのですから、どうかして解るように然も面白く話し度いと思っているのですが、どうもうまい考えが続かないので弱りました。

私は窓の外を見て居りました。二人は黙って屏風の孔雀の絵を見て居ります。

やがて艶子さんはマンドリンを持って来て、では今度は先程のお礼に、と云ってそれを弾いて私に聞かせました。

私は「嘆きの谷」の文字を続けながら嬉しく聞き入りました。三人とも晴やかな心になって面白くいろんな話をしました。小雨は切りに軽くサラサラと窓を打って居りました。私達は幸福でした、「嘆き」

ということを知らずに居る二人に「嘆くな」ということを説明する必要はなくなりました。悲しみの曲も決して悲しい涙を誘いません、咽かえる嬉し涙を覚えさすばかりです。

夜は刻々と忘れられたるものの如く静かに更けてゆきます――。

初夏

私が中学の三年の時でした。私の親友の河田が、突然自家《うち》の都合で遠方へ行かなければならなくなりました。河田とは小学校以来のたったひとりの親友でしたから、私はその別れを何れ程悲しんだか知れませんでした。

河田と私とは学校の野球の選手でした。河田が居なくなって仕舞った、と思うと、私はもう野球などやる元気はなくなって了いました。次の土曜日に対校仕合があるので、学校の運動場では毎日猛烈な練習が始っていて、私もどうしてもそれには出なければならなかったのですが、私は少しも張合がなく、二三日前から運動場へ姿を現さなかったのです。他の球友達も心配して毎日のように大勢が訪ねて呉れるのでしたが、やはり私の心を知っているものですからすすめる事も出来ず、しおしおとしているばかりなのです。その同情深い球友達に接すると、私はどうしていいかわからなくなる程、ただ悲しさばかりが込み上げて来るのでした。私が出なければ私に代るべき捕手のない事も私は充分承知はしていたのでした。

「ああ、つまらないな。」と私は思わず溜息を洩らしました。私の書斎には、土によごれたユニフォームが淋しく懸って居りました。当り前ならバットやボールと一緒に物置の隅に投げ込んで置くのでしたが、もうそれを着て河田と輝かしいスタンドに立つことも出来ないかと思うと、それが河田との紀念のようにさえ思われて、はかないものとは思いながらもそうして置かずには居られなかったのです。机の前から凝と思い出の深いユニフォームを瞶めていると、幻の中だけでは喜ばしい心になることが出来たのです。

野球の事ばかりではありませんでした、河田と私との間にはその他に思い出せば種々なことがありました。

——丁度前の年の夏の事でした。その年に初めて私達の学校では水泳部がもうけられて、有志の学生だけが、教師に引率されて或遠方の海浜へ出掛けることになったのです。

私は、どうしてもその水泳部に加わりたかったので、河田はさして行きたがっても居なかったのを、無理に、「何だ元気のない。」などと説き落して、二人はそれに加わりました。私達は真黒になることばかりを誇り合って毎日を愉快に暮しました。

ある朝のことでした。海は紺碧に澄み渡って、一点の雲さえ見えぬ穏かな空で、白鳥は地平線に呑まれる迄はるかに見かすんで、半島が絵のように薄紫に煙って居りました。

「ボートで遠乗をしようか。」と河田は海辺の舟に腰掛けて、その美しい海面を見渡しながら云いました。私は直ぐに賛成しました。

二人乗の小さなボートに乗って、私達は空と同じように晴れ渡った美しい心で、「夏は——夏は、鷗とぶ品川へ……」などと歌いながら沖へ沖へと進んで行きました。そんな好い天気なものでしたから、他にも沢山な漁船やらボートなどが木の葉のように浮いて居りました。

私達は沖へ遠く出る事に小さな誇さえ感じて居りましたもので、腕にまかせてどんどんと漕いで行きました。いつの間にか余程遠くに乗り出たと見えて、私達の周囲には少しばかりの漁船が見えるきりで、ボートなどは殆ど見あたらなくなりました。と見ればはるか彼方に夢の国のようにたった今乗り出した渚が淡くかすんで居りました。

と、一町ばかり先に見ゆる一艘の漁船が、今迄ジット止っていたにも拘らず急に動き始めました。するとその附近の舟も一斉にその後を追うように走り出すのでした。

「どうしたのだろう。」と河田は少しばかり不安な色を示して言いました。

「大方もう朝の漁が終って帰り始めたのだろう。どうしても漁師には適わないね、僕達にはとてもあんなに早くは漕げないね。」と私は感心してその方を見て居りました。

「もう、そろそろ僕達も帰るとしようか。」

「まだいいや、もう暫く此の辺で休もうや。」などと私達はオールを離して話し合って居りました。でも、余り愚図々々していて、先生達が心配するといけないから、と云うので、私達は悠長な漕ぎ方で静かにボートを陸の方へ返し始めました。

その時！　海には充分慣れている河田が、突然、何を見たのか、顔色を変えて、

「アッ、大変だ！」と叫んで、もう少しでオールを流してしまうところを、私が辛くも取り止めました。

「大変だ！　大変だ！」と河田は夢中になって叫ぶのでした。

「えッ！」と私はその方を見ましたが、私には何が何だか少しもわかりませんでした。

「鮫だ、鮫だ。」と河田が云うのでさすがに驚いて先方を見ると、成程大きなうねりがおしよせて来る。

私も初めて慄然とした……。

青白い魚の背が現れて、一群になったなぶらは渦をなして、此方に向って来る。――何とも云えない怖ろしいうなりの響までが聞えて来た。周囲が穏かなので、その光景は見るからに怖ろしいものだった。

河田の眼は血走って居ました。おそらく私のもそうだったろう、度胸がないと云って笑われても仕方

がないが、事実その時は刃のような寒さが全身に漲って、口唇も紫色に変った。握り拳はぶるぶるとわなないていた。もう二人とも言語《ことば》を発するどころの騒ぎではなかった。氷ったように夢中でオールに噛り付いた。

小さな岩影にやっとたどり付いた迄、殆ど無意識だった。岩の上にようやく登り得た時初めて夢から醒めた気持がした。

物凄い海の面《おもて》を覗いて、私と河田とは思わず抱き合った。もう鮫は見えなかったが、穏かな海が悪魔のように怖ろしかった。――河田と私の頬にはひとりでに涙が流れて居りました。

本部から来た小舟に探し出されて、伴れ帰られた時は、二人とも死んだように疲れて居りました。夕陽の色彩《いろどり》が西の空に滲んだ頃でした。私達は鮫の事は誰れにも語りませんでした。――無断で遠乗などに出たという廉で、私達は学校へ帰ってから一週間の停学に処せられました。毎日河田と行ったり来たりして、停学という事はそれ程悲しみませんでしたが、その時のおそろしかったことなどを今更のように話し合いました。

こんなことも私と河田とを一層親密にしたとも見られました。

私は書斎の窓に腰かけて、ふとその頃のことを想い出して居りました。いつまで、そんな想いに耽っていても限りがないやと、私は自分の心を紛らそうとしていっそ運動場へ行って練習でもして見ようかと思いました。

で、私は壁からユニフォームを取って身に纏いました。すると割合に晴々した気持になる事が出来て、この分なら仕合にも出られそうだ、という気さえしました。

私は帽子を眼深に覆《かぶ》って、バットを抱いて家を出ました。私の姿を見出した友達は「よく来て呉れた。」と云って私の手を取って喜びました。丁度ノックの練習をしていたところで、今度は私に打って呉れと云うのでした。運動場の周囲の青葉には清新な香の満ちている風薫る頃でした。

私はダイヤモンドに立って、全身に力をこめて強くノックバットを振りました。私の打った球《ボール》は高く高く初夏の青空へ飛びました。私はその球《ボール》を静な心で見上げていました。飛んだ球と一緒に私の悲しみも消えてゆくようにさえ思われました。私は河田のことを忘れたのではありませんが、そんな少さな悲しみよりも、はるかに大きなある力をその刹那にふと感じたのでした。

「この分では試合に出てきっと勝って見せるぞ。」と私は胸に呟きながら、その次の球を更に力強く打ち上げました。球は、また高く、澄んだ空にコーンと鳴って飛んでゆきました。

凸面鏡

「君は一度も恋の悦びを経験した事がないのだね。――僕が若し女ならば、生命を棄てても君に恋をして見せるよ。」と彼のたった一人の親友が云った時、

「よせッ、戯談じゃねえ、気味の悪るい。」、と二人が腹を抱えて笑ってしまって――その笑いが止らない中に、彼はその友の言葉に真実性を認めたから、自分を寂しいと思う以上に、親友の有り難さに嬉し涙を感ずる、と同時に、「そんなに心配して呉れないでもいいよ。」と答え度いような安心と軽い反抗とを感じた。それは彼が恋をした最初の瞬間、同時に失恋をしたところの道子を思い出したのであった。一分間の中で、恋をして、失恋をして、そうしてその悶えと、恋の馬鹿々々しさとを同時に感じて、然もその同じ一分間を何辺となく繰り反した「ある期間」を道子の前に持った事がある、と彼は思っていたから、――あの一分間をだらだらに長く延したものを持った人が、所謂「美しい恋の絵巻」の所有者となって誇り、あの一分間に感じた失恋を、ちょっと形を違えて（幸いにも）長く経験した人は痛ましい失恋者となって自殺することも出来るが……自分は――で、もう、あらゆる恋の経験はして来たのだ、という気がしていた。この気持が友によく解ったら友は屹度安心するだろう、が何しろその恋なるものの形式が余りにはかないので、どうやら言葉で説明したら、この親愛なる友を慰める事が出来るだろう、……と、など彼は考えて居た。

「しんみりしたいい晩だね。――どうだい君、散歩は止める事にして、ひとつどこかへ飲みに行かないか。」と友が云った。

――あべこべに、慰めようとしているな……と彼はムッとした。どうやらわけが解らなかった程強い、友に対する反抗心と自暴と妙な落着きとが、不愉快な気持となって、彼の埋性に逆った。

「俺はもう絶対に遊びや酒は止めようと思っているのだから、行くのなら一人で行き給え。」と彼は云った。――友は帰った。

――矢張り自分は道子に真実に恋した事だッたのだな、と彼は、友に今持った感情が間違いでなかった、という気がした。

……何にも考えていないぞ、と思わるるような清々しい平静な気持で、彼は剃りかけていた顔を剃り初めて居た。

――一処に出掛けよう、ちょいと顔を剃る間待っていて呉れ、と友を待たせて居た間に、つい友を帰らせてしまって、でも少しもその事は心に反応を感じなかったが――奇麗に顔を剃り終えて、ふと、ホッとした刹那、

「ああ、一処に行けばよかった。」という気がした。

後を追い掛けて見ようかな、と思い乍ら彼は煙草に火を点けて坐り直した。――道子が嫁に行ってしまってから一年目の春のある夜だった。

＊

「妾はね、随分痛ましい恋のヒロインなのよ。事情という、妾達にとってはどうでも関わないもののために、心から愛し合っている二人が別々の世界に離されてしまったの。

それが運命なのだ、とは知っていても……ね、妾にはどうしてもあきらめ切れない……で妾は勿論死

んだつもりでお嫁に行く……ね、解ったでしょう、ね、純ちゃん、解ったでしょう、妾の心が。同情して下さいね。」道子が、買物に行くのだから一処に行って呉れ、と、彼と二人して銀座へ出掛けた道々に、その長い物語を（道子の睫毛には涙がまばらに溜ったりした。）――と、結んだ時、「そこいらで、グワーンと鐘が鳴る場面だよ。チェッ！　くだらねえ。」彼は冷かに（が、道子へは愛嬌であると見らるる程度で）答えると後から後から自分でさえ感心する程巧妙な軽い（それも勿論道子への軽いと響かせる程度の技巧が加っている）皮肉や洒落が出て、決して予期しては居なかったが、まんまと終いに道子を噴き出させて仕舞った。

――あんな事を云っていやがる癖に、と彼は、道子が、普段のにはこれがいいだろう、あれがいいだろうなどと、財布を一つ買うのにも実用と虚栄とを目安にした問をうるさく掛けるので、……道子の一挙動までに悉く憤懣を感じた。先程《さっき》の恋物語に、同情して、運命の敵し難さを共々に咒《のろ》ってやって、涙を流しかけていた道子を、何故もっと泣せずに――然も悲しい努力をまで感じながら、笑わせてなど仕舞ったのだろう、と彼は悔いたりした程、道子が買物となると嬉しそうにはしゃいでいるのを見ると――「道子の恋人なる人は馬鹿を見ただろうな、可愛想に。」という気がした。同時に、此間道子の机の抽出しから男へ宛てた手紙の反古を発見した時、嫉妬の余り鼻をかんで仕舞った自分を、彼は思い出した。

一月も前に嫁入仕度はすっかり出来て仕舞っているのに、それでも未だ毎日のように、母達がチヤホヤするのでイイ気になっているのだろうが、「出掛けて見なけりゃ細いものは見附らないから。」と、母が「嫁《い》ってから恥をかいちゃならないから――精々散歩するつもりで、落着いて、一つずつでもいいからね、日に。」とかなどと云っては、婚礼の為にのみ生きているような素振ばかりなので、「死ぬつもりで嫁《ゆ》く……がきいてあきれる。」、と彼は思った。勿体をつけるためにあんな長たらしい物語などしやがったんだな、(活動写真でやれ手を握られたとか、嫌らしい男がひとの顔をジロジロ眺めてそりゃ気味が悪かったのよなどと貞操にかこつけて無貞操な自惚れをよく云うような道子だから。)という気がした時(獲物をした探偵のような、と彼は思った。)浅ましい寂しさを感じた。

浅ましい、と思っただけに彼は妙に恥しさを感じたから、裏切者がその罪を覆わんが為の嘘偽と、「愚人に説教する道徳家」のようなたかびしゃな気持で、資生堂の前に来た時、五六歩遅れて来る道子を振り反って、

「寄るんだろう?」と云った。道子は笑いながら否と眼を振った。――予期に反した不満などというものよりも、彼は「しおらしい道子よ。」とある安心を感ぜずには居られなかった。「ほんと?」

「今頃になって――戯談じゃないわよ。」

「ああそうそう、資生堂行きという一日があった事を忘れていたよ。プログラムの定っている日は到底拙者などお伴の栄には預れないので……うっかりしていた。」――案外にも、という気が彼はした――極めて空虚な悦びを感じたから。

「ふざけちゃ嫌よ、みっともない。」と云っても道子の眼は先のものにばかり輝いているらしく彼の言葉で更に新しい緊張を感じた如くソワソワとして、

「そうそう、でもちょいと寄って見ましょう、何かまた……」と、その日銀座に来た目的を決して忘れず、パタパタと草履の音をたてて駆け込んだ。彼は通りで煙草に火を点けて、それから店に入った。

「また煙草……お止しよ、みっともない。」道子は小さな声でささやいだ。彼はその言葉に取り合わない事に非常な快感を覚えた。

道子が彼方此方《あっちこっち》とウロウロしているのを、彼は見ない振をして、傍の飾り箱に見入っていた。その中には剃刀とか小さな鏡や美爪具などがならべてあった。

「何かいいものがあって?」と、いつの間にか道子は彼の傍へ来ていた。

お前のものなんか探しているのじゃないよ、と彼は云いたかったが――ふと妙案が浮んで、道子の言葉には耳も借せずに、番頭を呼んで、「これを出して呉れ給え。」と、その瞬間まで心にもなかった顔剃用の凸面鏡を指して云った。

「買うの?」と道子が云った。と、道子が云わなければ自分は買わないだろう、と思いながら、「ああ。」と彼は答えた。

道子は金を払って一歩遅れて出て来ると、好人物らしい微笑を浮べながら、然もある満足を感じているらしく、

「それ、重宝なの?」と優しく云った。

「ああ。」彼は横を向いて答えながら、絵葉書屋の前に立った。

「兄さんはね、純ちゃんの事を大変に心配しているらしいのよ。此間大変に酔って帰った晩……いつものように乱暴してね、阿母さんは髪の毛をむしられたし、妾も（涙声で）……止めようとしたら「殺すぞ。」と怖しい見幕になって……、

その後で兄さんは急に泣き出したの、純は居ないか居ないかッて……」

「ほんとうに兄さんには困った……何しろ病気が病気なんだからね。」彼は涙ぐましい気持になって珍らしくもしんみりと道子に答えた。

「……純が若し気でも触れたらどうしよう、と兄さんは泣くのよ。……純は何故勉強しないのだろう、一体何処の学校へ入るつもりなのか、何になるつもりなのか、俺はそれが心配で狂いそうだ。……彼奴には俺の腹が解りそうもない、俺はどうしたらいいだろう、彼奴は気狂いじゃないのかしら、人にこんなに心配を掛けて……とそんなことを切りに云っていたわ。——まさかね。」道子は寂し気に笑った。

「兄さんはそんなに僕の事を心配しているのかね。」彼はこみ上げて来る涙を辛じて堪えた。兄の病気にそれ程まで自分の事が係っているかと思うと悲しさに堪えられなかった。

——兄の胸にとりすがって心ゆくばかり泣き度い、気持がした。自分の小さな決心に依って多少でも兄を慰めることが出来るのならば、どんな苦しみも厭うまい……先ず兄の前で心からの決心を持って「勉強します。」と云おう、と彼は堅く思った。

……その矢先彼は、道子の口から極めて案外な（勿論初めて聞いた。）言葉を聞された。然もそれが道子にとっては左程の不自然さもなく云われているらしかった。

「妾の結婚と云う事は兄さんには無論秘密なのよ。だけどもう薄々気が附いたらしいわ。困って仕舞ったのよ……此間のような勢いじゃ兄さんは妾を殺すかも知れなかったわ。」

感情に説明をつける事は容易だったが、説明を附ける事が余りに怖しく滑稽さえ感ぜられて……その夜彼は机の前に座った儘ぼんやりとしていつまでも寝ようとしなかった。

道子に買って貰った鏡を解いて、大きく写った顔を凝と視詰めた。……力一杯自分を殴ることが出来たらどんなに愉快だろう、と思った。


「純ちゃん、妾が居なくなると喧嘩の相手がなくなっていいでしょう。」

「ほんとだ、余ッ程いい、煩くなくって。」

「だけどね、戯談でなくさ、よく勉強してね、そうして今年こそは及第してお呉れ、ね。」

「余計なお世話だい。」戯談の形式で且充分そう響くように努めていったのだったが、「戯談でなくさ。」と彼の表現の希望通りに棄てられてみると、グット癪に触って、――と、冷かに答えたが、同時に冷に過ぎたかな、という気がすると、ハッと思った、で彼は続けて、「勉強なんかするもんか。」と頼りない強迫的の気持で云った。

「どうして純ちゃんは此頃そう意固地になったのでしょう。妾が何か云うと直ぐに喧嘩越になるか、ひやかすか……少しも妾の云う事を真面目に聞いて呉れないのね。」道子の眼眦は桃色に上気して、もう露のような涙が光って見えた。

「――」

「いいよ、たんと妾に心配させなさい。」道子は立ち上ろうとした。概念的なこの思い切りのいい道子の態度で「とても敵はない。」と彼は思った。道ちゃん許してお呉れ、どうか棄てないでもう少し今の通りでいいから優しい言葉を掛けてお呉れ、と念じながら、

「僕はこれから君千代の処へ行こうや。」と、壁の方へ視線を反らせて、彼は立ち上った。

「純ちゃん、お待ちな。」道子は元の通りに坐った。

――善人に幸あれ、と彼は思いながら、「何か用があるの?」と、?に、利己的の調子を強く現して、空とぼけて云った。

「まあ、お坐りなさいってえば!」

――彼は(涙を感じた。)傲然と安坐をかいた。

「――」彼は煙草に火を点けた。

「――」道子は亢奮し切った声で「純ちゃん。」と呼んだ。

勇ましき楽天家《オプティミスト》よ、その幸を配けて呉れ、と彼は真心で呟いだ。

「妾はね……妾はもう四五日でここの人じゃなくなるのよ。」道子は泣声ふるわせた。

「――」――

「妾の……、純ちゃん、……妾の……お願いするわ。妾の最後の言葉を……。もうお別れの間端なんじゃないの……ね、真面目になって……」

「いくらお別れの間端だって、まさか芝居の真似事は出来ないよ、フフッ!」道子の凝視から離れていたら、屹度俺は自分の頭を割れる程殴る事は容易だ、たしかにやって見せる、この手で、と思った彼は懐中で堅く手を握っていたのに気が附いた、と急いで手の平の汗をシャツで拭って……煙草を取っていた、まで殆ど無意識の動作だった。

「何てえ人でしょう! 純ちゃんには、阿母さんや妾が普段からどの位お前さんの事を心配しているか少しも解っていないのね。

試験の準備ッたら少しもしないし、その上夜ときたら十二時前に帰ったことはなく……静だから勉強なのか、と思って、妾は一日に何辺そっと見に来るか知れないのよ――いつでもお昼寝ばかりなんじゃないの、でもね、妾達は責めませんでしたが、妾は阿母さんと、純ちゃんの事が心配で何れ程泣いたか知れませんよ。阿母さんは八幡様へ御願まで懸けてるのよ。

それに純ちゃんには兄さんの事も心配にならないの? え?」

「試験など馬鹿馬鹿しい。学校なんか止めだ。――兄さん? 仕方がないよ。病気なんだもの、」

彼が近頃は酒を飲むと云って母や道子は大変に心配しているらしかった。尤もいつの晩だったか、友達の家で酒をすすめられたが嫌いでもあり弱くもあったので、二三杯漸く飲んで少し酔って家へ帰った時、道子の前で実際の酔以上の酔態を示した事があった。君千代というのもそれと同じようなものだった。

家系に精神病の血統があるといわれ、現在彼の兄が発狂しているとは云え、酒を飲んだらしいなどという事になると「試験が心配である」という言葉にかこつけて、そんなことよりも彼の精神状態や日常生活などに、ある疑いの眼をもって云っているらしいところが往々に母や道子の言葉の裡にうかがわれるので、彼は、余りに彼等の無智が嘆げかわしい、と思った。

「まあ!」道子はつくづくあきれた、という投出しの色を示した。「純ちゃんには真情というものがまるでないのね。」

「ああないよ。」

火鉢に翳して細かに震えている白い道子の指先から、その上気した奇麗な頬を想った刹那、彼は穴へもぐり度いような羞恥を感じた。たった二年足らずではあるが、全く姉と弟のようにして同じ家で暮した道子に、「実は僕は姉さんに恋しているんだよ。」と云ったら――とてもそんなあり得べからざる光景は想像すら冷汗を覚ゆることで――でも、道子がどんな顔をするだろう、とまで思わずには居られない……と思うと、――思うさえ余りにとてつもない滑稽で、その前の晩なども、冷汗さえ許されぬ冷汗から、堪らなくなって急いで電灯を消して、亀の子のように四肢をかじかめて床へもぐった、馬鹿、馬鹿、馬鹿、と慌てて口走った――この俺の顔を鏡に写して見度いと思いながら。鏡に写した顔を、様々に――こんな顔も出来るものかなと思った程、変って、少しも笑いたくならず……其儘凝と視詰めた……道子を想った後は……。

――この俺の顔を鏡に写して見度い……と彼は道子の指先からこの瞬間羞恥の果へ落ちて――割合に呆然とした。

「ほんとなの、純ちゃんは……」

「ほんとだとも。」

「勝手になさい。妾はもう知らないッ。こんな馬鹿じゃないと思った。」

「何云ってやがるでえ。」彼は自分ながら落着いた憎々しい口調で「どっちが馬鹿だ。」と云った。

兄の病気の為によくないから、と云って母は家中の鏡と顔の写る塗物類などを秘して仕舞った、彼の凸面鏡もその一つとして選ばれた時、彼は妙な寂しさを感じて、

「阿母さん、そんなことは迷信ですよ。」と笑い乍ら云ったが、母の意の儘に彼はそれを母の手へ渡し

た。道子の結婚が無事に済んだ後だった。

兄は桜の花が散り終えた頃には病勢が益々募って到々脳病院へ入れられた。

＊

間もなく友から電話が掛って来た。

「今ね君の後を追いかけようかと思っていたところなんだよ。」

「多分そんな事だろうと思ってね。」

「じゃすぐ行くよ。」


春か！　と彼は、ステッキを振りながら呟いだ。

心配な写真

「兄さんはそれで病気なの？　何だか可笑しいわ。まるで病気じゃないようだわね。」

「そうね、そんなのなら私達もちょっとでいいからなって見たいわね。」

二人の少女は、云い合せたようにホホホホと笑って私を見あげました。二人とも私の従妹です。名前ですか――名前は遠慮しましょう。何故なら私は、正直にこの二人の少女を描写しようと思いますから。正直に書けば必ず怒られるに相違ありません。怒られたって怖くもないけれど、泣かれると困りますからね。

「何だ失敬な！　他人の病気のことなんて、解りもしない癖に。」と私は云いました。

「ホホホホホ。」とまた二人は笑いました。返答をしないで笑うとは更に失敬だ。一体僕はこのホホホという笑方からして大嫌だ。何がそんなに可笑しいんだろう。そう思った私は、これじゃとても相手にならないと気付きましたので、砂を払って立上がり、青々と美しい空を見あげて大きな声で歌をうたいました。

「それ一体、何の歌？」

「いやなドラ声だわね。」

どうも煩さい少女共である。……私も口惜しいから、

「他人の歌をけなす位なら、君達は定めし美しい声だろうね。」と云うと、

「そりゃ、兄さんよりはね。」

「そんならやって見ろ。」

「ええ、やるわ。」と云ったかと思うと、二人は何やらコソコソ囁き合いました。

「あたしはソプラノよ。」

そんなことを云ったかと思うと、二人は砂に腰かけたまま静かに歌いはじめました。——成程こりゃ僕よりうまい——と私は直ぐに感服して了いましたが、いくらか口惜しくもあるので、平気な顔をしていました。何の歌だか私にはさっぱり解りません。

「この歌、兄さん御存知でしょう。」と、三節まで歌い終った時、Aは私に訊ねました。

「讃美歌だろう。」と私は答えました。すると二人はハッハッハッと大きな声で笑いました。私は「しまった！」と、思わずには居られませんでした。

「あら、これを御存知ないの？　非芸術的ね。」

「エヘン」と私は咳払をするより他はありません。唱歌の話なんか止めて、何か別のことを話そう、と私は考えました。

「ところでお前達はいつ東京へ帰るんだ。学校はいつまで休みなんだ？」

「来月の十日までよ。」

「随分長い試験休だな。」

「そんなこと云ったって、私たちが帰ったら兄さん寂しいでしょう。」

「平気だ！」と私は大きな声で云い放ちました。

「清々していいよ。」

更にそう附け加えました。

「今の歌何だか教えてあげましょうか。」

「もう一遍歌って見れば解るよ。」

「だって幾度歌ったって同じじゃありませんか。」

「でもさっきのは、拙かったから解らなかったんだ。もっとはっきり歌え！」

「もう厭！」と二人はすまして答えました。

海は静かで、空も水も紺碧に晴れ渡っています。白い鳥が三ツ四ツ浮いたり舞ったりしていました。雲一つ見えない午前の空は、心ゆくばかり麗かに映えて居ります。

「少し散歩しよう。」と私は云いました。

「ええ歩きましょう。」

二人は手を取り合った儘、威勢よく立ちあがりました。そうして爪先をそろえて歩きはじめました。

二人はおそろいの洋服を着ています。どんな洋服が近頃流行なのか、そんなことは私も知りませんが、ヒラヒラとした、裾の怖ろしく短い白いスカートと、バンドのついた紺色の上着です。髪にはリボンはつけていませんが、毛糸の頭布のような帽子からこぼれ出た髪の毛が、温い潮風にフワフワと翻ります。

「海が随分綺麗に晴れてるわね。」

「アラ白い鳥が飛んでるわ、アレ何でしょうね。」

「あんな鳥、あれを知らないのか。あきれたもんだ。」と私は云いました。

「じァ何？」

「鷗という鳥さ。」

「鷗？　そんなら知ってるわ。」

こんなくだらない事を云いながら、私達はぶらぶらと、砂を蹴りつつ歩いていました。

「もうそろそろ家へ帰ろうや。」と私は云いました。私はもうこんなことをしているのが、そろそろ飽きて来たのです。

「もう？」とAは眼を睜りました。

「もっと遊んでいたいわ。」とBは私の手に縋って駄々をこねました。

「もうお午《ひる》だろう。僕のお腹が空いて来たから、多分お午に違いない。」と私は云いました。

「お腹が空いたからって、お午と限ったことはないわ。お腹は時計じゃあるまいし……」

「それに兄さんのお腹は人より先に空くのよ。いつでもどこかへ行くと、未だ遊びもしないうちから、すぐにお腹が空いたっていうんですもの。ほんとに厭になっちまうのよ。」

「冗談じゃない。僕の腹の具合は、僕だけにしか解りゃしない。たとい全智全能の神様と雖も、この僕の神秘的なお腹は決してお解りになるまい。」

「神秘的のお腹ですって？　ホホホホホホ。」

二人は又してもホホホホと笑う。ああ云えばこう云う。イヤハヤ口さがない少女達かなだ。

「いや僕はもうどうしても帰る。人をばかにしている。」と、私はわざと怒ったような顔をして云いました。

「兄さん、向うの舟の処まで駆けッこしない？」

「厭なこった！」

「兄さんなんかに負けないわよ。」

「何と云っても僕は厭だよ。」

こんな争をしているうちに、Bは私の背後に廻って、私をぐんぐんおしはじめました。これには私も弱りましたが、仕方がありませんから、その儘Bにおされて歩いていました。

「よう兄さん。駆けッこをしましょうよう。ねえ。」

Aは私の手を力一ぱい握って、やはりぐんぐんと引ッ張ります。引ッ張られるやら押されるやら私は散々です。怒った顔をしようと小言を云おうと、二人はてんで相手にしないのだから始末に了《お》えません。で私も仕方がなく薄笑いを浮べながら二人のするが儘になって歩くより他はありません。二人はまるで重い重い荷物でも運ぶかのように、ヨヤサ、ヨヤサと懸声をしながら切りに私を歩かせました。何しろ先方は一所懸命なんですから、うっかりすると危く此方がよろめきそうになるので、私も両方の脚に力を込めて、一歩一歩慎重に運びました。私は唇を噛んで力を込めていますと、私の手を引っ張っていたA子は、

「ちょいと、兄さんの顔を御覧なさい！　ああ可笑しい、ああ可笑しい。」と云って笑ったかと思うと、彼の女《かのじょ》は何と思ったか、スルリと横の方に身をそらしました。まだB子の方は相変らず私の背中を押して来るので、私は尚も唇に力を込めて、顰め顔をしながら歩いて居るうち、突然A子の、

「もういいわ！」という声にハッと思ってたちどまると素早く私の前に立ち現われたA子は、シャッターとか何とかを用いて、私の顔を写してしまいました。小さなカメラなので、私はA子がそれを持っていることさえ忘れていたのです。

「Bちゃん、もういいわよ。写しちゃってよ。」

「どんなに写ったでしょうね。早く見度いわね。」

何が、A子なんかに写せるものか！　私はそう云おうとしましたが、A子の写真の腕前は、平常《ふだん》からよく知っていましたので、何だか気味が悪くなって黙ってしまいました。二人は勝ち誇ったように手を打って駆け出しました。心配そうな顔をするのは癪なので、私は殊更に平気を装っては見せましたが、胸の中は不安と憤慨との二つの感情が、可笑しい程強くもつれ合っていました。

スプリングコート

一

丘を隔てた海の上から、汽船の笛が鳴り渡って来た。もう間もなくお午だな――彼はそう思っただけで動かなかった。いつもの通り彼は、まだこの上一時間か二時間はうとうとして過す筈だった。日が射してまぶしいもので、頭からすっぽりとかいまきを被ったまま凝と小便を怺えていた。硝子戸も障子も惜し気なく明け放されて、蝉が盛んに鳴いていた。

「もう暫く眠ってやれ。」

彼は、ただそう思っていた。

丁度彼の首と並行の何の飾りもない床の間には、雑誌ばかりが無茶苦茶に散らばって、隅の方には脱ぎ棄てた儘の汚いコートが丸まっていた。

汽船の笛が、また鳴った。子供の頃彼は、この笛の音では随分厭な思いをした。写真だけでしか見知らない外国に居る父のことを想い出すのだった。――その頃の遣瀬なかった気持を、彼は現在でもはっきりと回想することが出来た。

彼は枕に顔を埋めて、つい此間もう少しで殴り合にさえなろうとした位い野蛮な口論をした父を思った。

「ヤンキー爺！」

彼は、そんなに呟いて思わず苦笑した。肚では斯んなに軽蔑したり、また母や細君の前では一ッ端の度胸あり気な口を利くものの、いざ親父と対談の場合になると鼠のように縮みあがってグウの音も出ないのである。

彼は、偶然ずっと前から自分に混血児の妹があるということを知っていた。無論、それを知って以来もう五六年にもなるが妹を見たこともなかった。――汽船の笛を聞くと、妹の空想が拡がった。――

彼は、夢心地で床の間の隅の古びたコートを眺めていた。

……「君の、そのコートは古いには古いがとても俺――気に入ってしまったよ。馬鹿気てだぶついているんだが、そのだぶつきさ加減に奇妙な調和があるよ。肩の具合だって斯んなだし、袖だってそんなに長くって、どうしたって君の体に合ってやしないんだが、妙にその合わないところが君に調和して……」

彼の友達で洋服の柄とか仕立とかを気にするのを命にしている慶應義塾の学生が、羨し気に彼の肩を叩いて云った。

「…………」

彼は泥だらけの靴の先を瞶めてイヤに含羞《はにか》んでいた。

「それは何処で作ったんだい？」

「…………」

「斯う云うと変に君を煽てるようだが、尤も君にはそういう好さは解らないから困るが、俺、此間オブロモフという小説を読みかけたんだよ、その小説の初めの方にオブロモフという男の着物のことが書いてあるんだ。彼は部屋に居る時、何か薄いガウンのようなものを着ているそうなんだがね、それが非常にだぶついてるんだってさ、それはまァどうでもいいがその形容の詞《ことば》が面白かったんだよ、――オブロモフの着物は、彼がそれを着ているんじゃなくって着物の方が美しい奴隷の如く従順に彼に服従しているんだって……少し俺が面白がり過ぎて翻訳し過ぎたかも知れないが——、その彼の体が五つも入る位いな……若しそれが脱ぎ棄ててあったならば、誰だってそれが彼の着物であるとは思えないそれが一度彼の体を包むと……」

友達は、そう云いかけて彼の肩に腕を載せた。たしか冬だったろう？ 友達が喋るに伴れて口から息の煙りが出ていたから。

彼は、そんなことを云われると、まったくわけは解らなかったが、一寸嬉しかった。オブロモフなんて称《い》う小説は読んだこともなかったが、そんなとてつもない代物に比べられたので、自分が偉くなった気がしたのだ。そして彼は、それ位い有名な小説を読んでいなくては軽蔑されそうな気がしたので、

「ああ、オブロモフか。」といかにも軽やかな知ったか振りを示して空とぼけた。

「実にあれは素晴しい小説だね。近代文学の要素たるアンニュイの凡てを抱括している。そして、全篇一脈の音楽的リズムに依って渾然と飽和されてるじゃないか。」などと友達は図に乗って書物の広告文見たいな言葉を発した。

此奴の頭は少々怪しいぞ——彼は自分が何も知らない癖に、もう相手を馬鹿にした。

「うむ、そうだよ。」と彼は答えた。肯定さえしていれば自分のボロも出ないで済む……などと至って狡猾な量見を持っていた。

「まァ、そんなことはどうでも好いんだが。」と友達は慌てて言葉を返した。「実は僕、君のこのコートが欲しくって堪らないんだ。その通りの型にして新しいのを一着拵えるから、それと君交換して呉れな

いか?」

「厭だなァ!」と彼は、さもさも残り惜しそうに答えた。今が今迄彼は厭々ながらそのコートを着ていた。他に外套がなかったので内心恥しい思いを忍んで斯んなものを着ているのだった。だがこの男にそんなことを云われると、持前の卑しい虚栄心が出て、――俺はワザと斯んなに乱雑な服装をしているんだ、ボンクラな奴には解るまいが肚では相当身なりについてもたくらんでいるんだぞ――という、まったく咄嗟の考えに気づいたのだった。オーバコートを拵える為に母から貰った金を蕩尽して了ったので、よんどころなく冬の真中だというのに、そんなクレバネット製の裏もない古コートを着用していたのだ。実家へ帰った時、父の古外套でも持ち出すつもりで、そっと物置へ忍び込んでトランクを掻き廻した時、底から探し出したものだった。

「僕だって君、多少気に入ってるからこそ斯うして着用に及んでるのさ。でなくて誰が酔狂にこの寒さに斯んなものを……」と彼は恬然としてうそぶいた。

「やっぱりそうだったのかなァ! ああ、悲観した。」

友達は、仰山な地団太を踏んだ。――友達に別れると彼は、眉を顰めて舌を鳴した。「斯んな物、貰い手があれば喜んで進呈したら好かったのに――」

………………

彼は、寝床の中でそんな回想に耽った。半ばは夢らしかった。五、六年も前の追憶だ。――そんなに古い話で、全く忘れていたのを、細君の余計なお世話から、突然この古コートが彼の身辺に現れたのだ。――彼は、此頃午後になると大概海で暮した。往来を通らず、短い松原を脱けると直ぐに海なので、

いつでも彼は素ッ裸で出掛けた。それを細君が嫌って、一週間も前に彼の用事で彼の実家へ遣らせられた時に、

「家じゃ土用干だったので、長持の底から斯んなものが出て来たの。多分あなたが学生時分に使ったんでしょう？　随分ボロね。でもこれなら面倒がなくて好いでしょう。海へ行く時に着て行きなさいよ。」

と云って持って来た。

「うむ、それは俺のだ。」

彼は、苦笑を怺えて、きっぱりと答えた。以来彼は、細君の言葉に従って、海へ行く時には必らず裸の上にはおって行った。

「とうとうこのコートが、実は女物なんだって事は誰にも気が附かれずに済んで了った。」

そう思って彼は、一寸皮肉な微笑を洩したかった。これは混血児の妹のレインコートなのだ。彼が、トランクの底からこれを見つけ出した時、娘から父に与えた手紙がポケットの隅にあった。手紙の内容は、大したものではなくたしかピクニックへ誘ったものだった。そんなものなので父もうっかりして棄て損ったのだろう。――父の写真帳に、このコートを着た妹と父のがあって。友人の娘だ――などと父が母に説明したことを、彼は覚えていた。……彼が着て見ると、和服の丈と殆ど同じだった。……秘密、秘密……そう思って彼は怖ろしかったが、苦し紛れにそっと東京に持ち帰った。その晩は独りの部屋で、それを来て鏡に写したり、にやにや笑ったり、通俗小説みたいな想いに耽ったり、心から涙ぐましい気持になったりした。――それから膝骨の下あたりに見当をつけ、裾を五六寸鋏でヂョキヂョキと切り落した。翌日服屋へ抱え込んで、ミシンを懸けさせ、帰りにはもうちゃんと着込んで、如何にも

自分のものらしい顔付きで、たしかそのまま友達を訪問した。三月の末頃だったか？　何処も冬仕度でその友達とはストーブを囲んで話したが、何んでも相手が眼を円くして、

「いよう！　馬鹿に気が早いね、スプリングコートはしゃれてるね。」と云ったから、多分早春の宵だったんだろう。――まだ世間一般にそういうレインコートが流行しない頃だったし、加《お》け《ま》に色合がそれらしくないので誰もこれが雨外套とは気づかなかった。

二

食膳を縁側へ持ち出させて、彼は晩酌をやっていた。晩酌なんていう柄ではなかったが、此方へ移ってからは毎晩細君ばかしを相手にして、ひどい時には夜中の二時三時頃まで出たらめを喋舌った。喋舌り疲れて、泥酔しないうちは寝なかった。

「女中だってあなたの云うことなんて諾《き》きはしない。」

伴れて来た女中を自分が帰してしまった癖に、少しでも自分の動く度数の多さを感ずる毎に、彼女は不平を滾した。若い女中で、往々彼が必要以外に親切な言葉を掛けるのを悟って、別な口実で細君が追い帰してしまった。

「妾、あのことを考えると口惜しくって堪らない！」

細君は、ひとりでビールを飲み始めていた。あのことと云うのは彼の親父のことだ。此間彼女が帰った時、酔いもしないのに口を極めて父が彼の悪口をさんざん喋舌ったというのだ。

「あんな女に引ッ懸けられて、お父さんはもう気が少しどうかなって了ったのよ。前とすっかり変ってしまったじゃありませんか。前には決して道楽なんてしなかったんですってね。……」

「うん、そうだよ。」

彼は、そうは思はなかったが、好いお父さんが女の為に悪くなったということで、細君を残念がらしてやりたかった。

「外国に十何年も居る間だって、それはそれは潔癖だったんですってね。始終あなたとお母さんを思う手紙ばかし寄越していたというじゃありませんか。」

「まァそんなわけかね……」

彼は皮肉な気がしたが一体それは誰に向けるべき皮肉か、ちょっと考えに迷った。後に小憎らしい父親の顔が髣髴としてきた。

「あなたが『熱海へ』とかという小説みたいなものを書いたでしょう?」

「お前読んだのか?」彼は、ギクリとして問い返した。

「妾は、とっくに読んだわ。妾が読んだのは好いとして、それをお父さんが読んだんですって!」

「ヤッ!」と彼は、思わず叫んだ。そしてテレ臭さの余り誰に云うともなく、

「馬鹿だなァ!」と呟いた。

「それもね、ただ読んだのじゃなくって、杉村さんがその雑誌を持って来てお父さんの前でペラペラと読みあげたんですッて……」

『熱海へ』というのは彼の最も新しい創作だった。事柄は実際の彼の家庭の空気をスケッチ風に書いた

のだ。尤も彼は、その小説の主人公である自分だけは「私」としてはきまりが悪いもので「彼は――」という風に出来るだけ客観的に書いたが、彼の父や母や細君になると、そうはしなかった。五十二歳にもなった父親が遊蕩を始め、妾のあることを母に発見されて悶着が起ったり、そして彼等の長男である即ち「彼が――」その間で自分の両親を軽蔑しきっている話を書いたのだった。彼自身、そんなものが家の者の眼に触れようなどとは夢にも思っていなかったのだ。

「あれじゃ怒るのも無理はない。」と細君は、呟いたが自分も腹ではあまり好かない彼の父や母のことを、普段はオクビにも出さない彼が、小説の場合になるとさんざんにやッつけているので、一寸好い気持になったらしく、自分のやられていることも忘れて、苦笑した。

彼はどうすることも出来ず怖ろしく六ケ敷い顔をして切《しき》りに盃を重ねていたが、やがて斯んなことを喋舌り出した。

「創作と実生活とを混同するような手合は、素晴しい芸術品であるべき裸体の彫刻を見て淫らな聯想をするのと同じだ。言語道断な連中だ。そういう奴等が近親に在ることは不幸の至りだ。第一お前が俺の小説を読むなんて失敬だ。うす汚い感じがする……」

無論彼の言葉は、横腹に穴があいていて何の力もなかった。云うまでもないことだが、彼自らが今自分で細君を非難した文句に当るべき程の男なのだ。これも余計だが、実際彼は裸体の彫刻を見ると、先ず恥ずべき個所に注目するのだった。

「そんな手前勝手は通りませんよ。自分が云い度い放題なことを云っていて、創作もないもんだ。それにああいうことを書くなんて、まったく外聞が悪いわ。親の恥を天下に……」

「黙れッ！」と彼は叱った。

「何さ、その顔は！　小説なら小説らしくちゃんとしたものを書きなさい。あんなものを書いているうちは何時までたったって有名になんてなりッこない。それが証拠にはあなたのものは一遍だって誉められたことなんてありゃしないじゃありませんか。」

「よくそんなことが解るね。」

努めて白々しく呟いたが彼は一寸気が挫けた。小説家志望なんて一日も早く断念した方が好さそうな気がした。それさえ止めれば斯うまで親達に馬鹿にされもせずに、何とか済むだろう……などとも思った。

「いくら妾だって新聞の批評位い、読みますわよ。」

「新聞の批評なんて駄目だ。」

「だってあれを書く人は、皆なあなたよりは偉い人ばかしでしょう。――それにしても妾一遍もあなたの小説が誉められているのを見たことありませんよ。」

「中戸川吉二と柏村次郎には相当誉められてるよ。」

「お友達じゃ駄目だわ。」

「俺は友達の批評が一番好きなんだ。」

「それは負け惜み――」

「もう小説の話は止そう。」と彼は、静かに呟いた。その彼の様子が如何にもしおらしかったので、細君の心はいきなり父の方へ向った。

「ほんとうに此間は妾、口惜しかったのよ。」

「もう幾度も聞かされて、よく解ったよ。俺だって口惜しいと思ってるさ。親父があんな馬鹿な真似さえしていなけりゃ、俺だって斯んな処になんて住い度くはないんだ。」

そう云うと同時に彼は、気恥しくなって、海の方へ眼を反らした。……友達などには、長篇小説を書く為に来ているんだとか、東京に飽きて小田原に引ッ込んだが、其処も嫌になったから、思い切って斯んな遠くに移って見たとか……などと如何にも体裁よく意味ありげな吹聴をしているが、内実と来たら、良人が無能の為に細君が姑に苦しい思いをしたり、父の不行蹟の為に家庭が収まらず、親の争いを倅が見るに忍びなかったり、「彼《あれ》が家に居る間は、断じて帰らない。顔を見るのも嫌だ。」などと父が彼を罵ったということを聞いたり……そんなわけで這々《ほうほう》の態で彼は、春以来熱海へ逃げ延びたのだ。彼だけは、一度も小田原へ帰らなかった。だがいろいろな風聞が伝わった。彼が居なくなってからは割合に多く父が帰宅するとか、帰れば必ず一度は激しい夫婦争いをするとか——。

「どっちもどっちで、滑稽な憐むべき人物だ。」

彼は、両親をそんな風に断定して、愚かな観察を享楽するのだった。本を読むでもなし、また小説なんて書く気持は毛頭起らなかった。それにしても此方へ来て以来の退屈さ加減は夥しかった。温泉に浸ったって逆上《のぼ》せるばかしだし、風景を見て慰められる質でもなし、散歩は嫌いだし、また独り芸術的な思索に耽るなんていう落つきは生れつき持ち合わせなかったし、まったく彼は、日々その身を持てあますばかしだ。実家に居てあの苦しみに忍ぶことと、此方でこの退屈と戦うことと、どっちが苦しいか比べて見れば、あっちの方は相手が人間であるだけ兎も角賑やかで面白かった位にさえ、思われるのだった。

「でも妾は、お母さんと一処に暮すことも御免だわ。」

「そりゃア、そうだろう。」と彼は、易々と点頭《うなづ》いた。彼は、細君の場合とは別な意味からでも、いろいろ母の嫌な性質を、それはもう幼少の頃から秘かに認めていた。時々彼は、父が外国へなど行った原因は母にあるんじゃないか知ら？　と思ったり、また変に武士の娘を気取って堪らない切り口上で亭主を説伏させようとしたりする様などを眺めると、彼はゾッゾッと寒けを覚えて「これじゃ親父の奴もさぞやりきれねェだろう。」と父に同情する場合もあった。

「お父さんがよくお母さんのことを、学校先生なんてしたから変になっちゃったんだとか、先生根生で意固地だとかって云うけれど、まったく変に優しいところと、妙に意地悪のところと別々なのね。」

「うむ、そうだ。」

彼が余り易々と受け容れたので、細君は一寸バツが悪くなって、

「けど、十何年も留守居をさせられては誰だって変にもなるわね。小学校なんかに務めて気を紛らせていたのね。」などと呟いた。

「どうだか俺は知らんよ。——だが、つまり生れつきああいう性質なんだろうさ。」と彼は、相当の思想を持っている者のような尤もらしい表情をした。

「あなた、妾をどう思う。」

突然細君が、そう訊ねた。彼は、一寸返答に迷ったが、強いて考えて見ると煩さの方が余計だったので、

「近頃、やりきれなくなった。」と明らさまに答えた。

「じゃ、どうするの。お金さえあればお父さんのようなことを始める？」

彼は、にやにやして返答しなかった。一寸親父が羨しい気もした。若し金があっても、彼にはそんな運には出会えそうもない気がした。

「そりゃア妾への厭がらせでしょう、ちゃんと解ってる。」

「今、俺は少しもふざけてはいないよ。」と彼は、きっぱり断った。

「それは別として、これから家のことを小説に書くだけは止めなさいね。お父さんの怒り方はそれはそれは素晴しいわよ。今度若しあなたが出会えば、屹度一つ位い……」と彼女は拳固を示して「やられるわよ。」と云った。

細君にそんなことを、くどく聞かされているうちに彼の心はだんだん変ってきた。まさかと高を括っていた小説を読まれて、何より辟易していた気持が、皮肉なかたちでほぐれ始めた。彼は、父の憤怒の姿を想像して、快感を覚えた。……余りこの俺を馬鹿にしたり、年甲斐もなく女などの事件で家庭に風波を起させたり……親爺よ、みんなお主が不量見なんだ、俺の小説を読んで、どうだい、驚いたろう、斯ういう因果な倅を持って、さぞさぞ白昼往来を歩くのがきまりが悪いだろうよ、態《ざま》ァ見やがれ――彼は、そう云ってやりたかった。――それにしても小説なんていう手温く下等な手段でなくて、もっと皮肉で痛快な厭がらせをやってやりたいものだ――と彼は思った。

いつの間にか細君は、独りでビールを一本平げてしまって、顔をほてらせていた。こんなことは珍らしかった。彼は、自分で勝手もとから一升壜を持ち出して来て、頻りに酒を飲み続けた。

「妾、ちっとも酔わないわ、何だかもっと飲んで見たいからそれを飲ませて頂戴な。」

彼女は、酔っているかどうかを考えているらしく眼を瞑って、ちょきんと脊骨を延して坐った。若し普段なら一撃の許に彼は退けてしまったが、彼も妙に気持が浮の空になって、その上陰気でならなかった為か、少しも細君に逆わなかった。

一時間の後、彼はぐでんぐでんに酔っぱらってしまった。尤も細君の方は、酒の酔なんて経験したこともなかったから、表面はイヤに固くしゃちこ張っていた。

「どうだい、何か素晴しく面白いことはないかね。」

彼は、酔って来るといつでも斯んなことを云ったが、自分も酔っているので細君もそんな気になって、初めて、

「そうね。」と徒らな思案をめぐらせた。

「海岸にカフェーが出来たね。あそこに東京者らしいハイカラな女が居るぜ。行って見ようか。」

「行きましょうか。」

「いや、田舎ッペの青年が来て居るだろうから不愉快だな。」

「じゃ、ただ海へ降りて見ましょうか。」

「そんなこと真平だ。飲む事か、喰う事か……何しろ賑やかなことでなければ御免だ。」

「妾、折角夏服を拵えたんだから一遍着て見たいわ、斯んな晩でなければとても実行出来ないからね。」

「ああ、それは好い。」と彼は気附いたように云った。そんなものを拵えたのが彼に知れれば、酷く彼が怒るのは解り切っていたので今日まで細君は秘していたのだ。彼女は斯ういう機会に、斯う高飛車に

云えばその儘、通ってしまう彼の欠点を知っていた。だが、それにしても今日は良人がイヤに機嫌が好いので一寸薄気味悪くもあった。

「そしてこれから自働車を呼んで、ホテルへ行こう。」と彼は云った。森を三つばかり越えた嶮崖の一端に西洋風のホテルがあった。斯んな所には珍らしく明るい家だった。

「でも今月このお金を費ってしまえば、もう貰えないわよ。」

「関うもんか、今日はひとつウンと贅沢をして、あそこへ泊ってしまおう。金なんて心配するねェ……おふくろがケチケチ云えば友達に借りるよ。」と彼は、大変な威勢を示した。

彼は、腕組をして細君の仕度を眺めていた。彼女は、怪し気な足取りで、だが、きっと彼の留守の時に幾度も着てでもみたんだろう、割合に手ッ取り早く着こなした。

「ふふん、仲々好く似合うね。洋装の日本婦人は大概顔の拙い奴が多いが、そしてお前もその仲間だが、体の格好は仲々見あげたよ。」

彼は、白々しくそんなお世辞を振りまいた。――そして、いざ出かける時になって、

「それじゃ寒くはないかね。俺のこのコートを貸してやろうか。」と云った。

「馬鹿々々しい、そんな汚い、男のコートなんて。」と細君は耳も借さなかった。……彼はゾッと身ぶるいした。冷汗が流れた。「此奴は余ッ程どうかしていやァがる。まるで芝居でもしている気だ。馬鹿が馬鹿が。」と自分を顧みて、彼はもう一歩も外へ出るのは嫌になった。

彼は、酔い潰れて畳に転がっていた。……いくらか眠って、どうも夢を見たらしい……と彼は口のうちで呟きながら、死んだような熟睡に堕ちた。――それぎり細君から洋服の話を聞かないから、或は

彼の想像通り夢だったのかも知れない。

三

彼が中学の頃の友達だった宮田が、五六日前から滞在していた。宮田は泳ぎ好きで、近頃ではもう彼は海へ行くのも飽きていたのだが、宮田と一緒に毎日出掛けた。日盛りになると彼の焦《や》けた背中は、塩煎餅のようにビリビリと干からびて水に浸さずには居られなくもあった。

初島へ三里、大島へ十八里と誌した棒杭が立っているが、素晴しく朗らかな天気で、三里の初島も十八里の大島も何の差別もなく、青白い肌を無頓着に太陽に曝していた。赤い蜻蛉が無数に砂の上に群り舞っていた。微風もなく、暑さが凝と停滞しているばかしなので、蜻蛉の影が砂地にはっきり写った。――宮田は沖を悠々と泳いでいた。彼は、そんなに泳げないので、浮標の近所で、腕を結んで逆さまに浮んだ。水が耳を覆って何の音も聞えない。空は青く、だがあまり碧く澄み渡っているので、彼は眩暈《めまい》を感じた。彼は、慌てて犬泳ぎで陸へ這いあがり、要心深く砂地に腹を温めた。宮田は、鮮やかな抜手を切って頻りに泳いでいた。あの位い泳げたらさぞ愉快だろうが――などと彼は思った。

「もう船が出る時分だね。」

そう云いながら、あがって来ると宮田は、彼の傍に寝転んだ。

「着いてから行って丁度好いよ。」

二三日うちに全国庭球大会という競技があるそうだった。宮田の兄は小田原クラブの選手で、三時の船で来るそうだった。

　庭球大会の日には、彼も見物に行く約束をしたが、寝坊して行き損った。午後から行こうとも思ったが、うっかり昼寝をしてしまって、帰って来た二人の宮田に起された。宮田の兄は、ぐったりと疲労してユニフォームの儘大の字なりに座敷に寝転んだ。小田原組が優勝してカップを獲た、と自慢した。

　いつもの通り彼は、壜詰の酒や缶詰の料理などで酒盛りを始めた。弟の宮田は、酒好きの癖に、兄貴の前では一滴も飲まなかった。馬鹿な放蕩をして、一年ばかし勘当されて漸く帰参が叶ったばかりだという話だった。道理で弟の宮田の奴イヤにおとなしく兄貴の云うことをヘイヘイと諾《き》いていやァがる――と彼は思った。

　彼は、それが一寸気の毒にもなり、白々しくもあったので、

「ほんとに飲まないのか。」と弟の宮田を見あげて苦笑した。

　宮田は、笑って点頭《うなづ》いた。兄貴が、それ以上気まり悪そうに、白けた。弟は此方に来る前手紙で、今小田原のK病院に入院しているが、未だに実家への帰参が許されないで閉口している、親父や阿母は何でもないんだが、兄貴の奴がとても頑張っていて始末に終えない、親父は君も承知の通りああいう優しい人で、在れども無きが如き存在だが、いんごうなのは兄貴だ。聞くところに依ると近頃では阿母が兄貴の前で涙を滾して、僕の帰参を懇願しているそうだ、容易に兄貴がウンと云わないそうだ。僕だって兄貴を恨みはしない、再三の失策をしているんだから――そんな意味のことを彼に伝えていた。だから彼は、その兄貴の前で慎ましくしている弟を見て可笑しくなった。

　だが彼は、宮田の家庭が羨しかった。宮田と彼の家庭と比べれば、その長男の存在が、実に雲泥の差

である。彼の家庭では、寧ろ彼の小さい弟の方が権力を認められていた。兄の宮田に比べて自分の方がより愚物であるとは思えない——彼は、そんな馬鹿気たことまで考えた。

「信ちゃんの酒の飲み方は、何時までたっても書生の失恋式だね。」

兄の宮田は、快活な調子で彼にそんな批評を浴せた。彼は、兄の宮田には古くから好意を持っていた。宮田の言葉は、凡て技巧的で野卑を衒ったが、それが如何にも朗らかで、クラリオネットで吹き鳴らす唱歌を聞く感がした。そしてその容貌や体格が彼の気に入っていた。繊細で、快活で、そして鹿の如く明るい涙を胸の底に蔵していた。弟の宮田が、彼に甘えて兄貴の悪口などを云うと、彼は極力皮肉まじりの反対を唱えた。お前の方が余ッ程馬鹿だよ、と云わんばかりに——。

斯ういう風だから家庭に於てもあれ程の権力があるのか知ら——彼は、そんなに思って一寸陰鬱になった。「宮田に比べて、何と俺は愚図だろう、そして胸の底に憎い心を持っている、澄んでいない。」

夜釣りの舟が遠い街のように庭から見降ろせた。

「良三、あそこにビール箱があったね、あれを二つばかし持って来ないか。」と兄の宮田は弟に命じた。

「ああ。」と素直に弟は、ビール箱を運んだ。それを二つ庭の突鼻に据えて涼み台にした。

「ここで酒を飲もうや。」

「だが。」と彼は逡巡して「ここでは往来を見降ろして悪い気がするから、もう少し後ろにさげようや。」と云った。弟の宮田は、軒先に電灯を釣るし、それにスタンドをつないで庭を明るくした。

「おいビール位いは飲めよ、ねえ兄貴それ位い許してやれよ。」

彼は、もう酔が廻ってそんなに云った。それでも一寸兄は迷惑そうな顔をしたが、仕方がなさそうに点頭いた。弟は、待ち構えていたらしく勝手へ走ってビール壜をさげて来た。彼は、誰にでもいいから一寸これに類する威厳を示して見たいものだなどと思った。

「おいおい、コップ位い買ったらどうだい。」

兄の宮田は、直ぐに気持を取り直して彼をからかった。コップが一つもないので、コーヒー茶碗を弟が持って来たのだ。

「何によらず僕は買物ということが嫌いでね。どういうわけか僕は物を買うということが変に気恥しくって――」

彼は、気分家を衒うように云った。

「道理で細君が、うちの人はケチでやりきれないと云って滾していたっけ。」

「僕があした海の帰りに買って来てやろう。」と弟の宮田が云った。兄貴は横を向いていたが突然、

「壜詰はうまくないから、ひとつ俺が酒屋へ行ってどんな酒があるか見て来る。」と云って出かけた。間もなく、白タカの好いのがあるそうだから頼んで来たと云って帰って来た。

「ここに涼み台を据えたのは理由があるんだよ。今晩のうちに選手達は小田原へ自働車で帰るんだってさ。ここで見張りをしていて、応援してやろうと思ってるんだよ。」

「君は何故帰らないんだ。」と彼は訊ねた。

「いや僕はあした汽船で帰るんだよ。あんな酷い崖道を通るんじゃとても怖しくて敵《かな》わない。ケイベンにしろ自働車にしろ、あれじゃ間違いのない方が不思議だ。」

「兄さんは泳ぎが達者だから船なら平気だろう。」と弟は媚を呈した。

「此間君の親父に往来で出遇ったよ。」

「……」彼は、ゾッとして、だがまさか宮田なんて何も知らないだろうと高を括って、

「ふふん。」と白々しく点頭いた。

「君のことを云っていたよ。」

「何と!」

彼は、眼を円くした。

「いや……」と兄の宮田は、わざと意味あり気に笑って「君も、何か失敗したのかね。」

君も――と云ったので弟の方は一寸厭な顔をした。

「いや別に……」

「内容は知らないが、何だか馬鹿に憤慨していたよ。信の奴、信の奴、と何遍も云っていたぜ。」

「ははァん!」と彼は、みんな知ってるからもう止して呉れという色を示した。

「が、脛囓りじゃ何と云われたって頭はあがるめえ――」

それはいくらか弟への厭味でもあるらしかった。斯んな機会に日頃の鬱憤を、大いに洩してやろうか――そうも彼は思ったが、言葉が見つからなかった。

「だが、君の親父近頃大分若返り振りを示しているそうじゃないか。」と兄の宮田は無造作に笑った。

彼は、息が詰った。

そんな話をしながらも、兄の宮田は、自働車の音がする毎に立ちあがって、

「小田原! 小田原!」と叫んで見た。三四回無駄な骨折りをしていた。

選手の自働車は、騒然たるエールを乗せて崖下の道にさしかかった。兄の宮田は躍りあがって、「小田原！　万歳！　万歳！」と叫んだ。それに伴れて弟の宮田も同じく声をそろえた。向方は走る一塊の騒音ばかしで、何の返答もなく直ぐ森の蔭に消えてしまった。弟の宮田は実はそんな大声を発したくないのだが、兄貴があまり一生懸命なので傍観しているのは悪くでも思って試みたらしく、その声は半分彼の方を意識にいれてテレている見たいだった。

街から帰って来た細君が、石段をあがって来て生垣越しに彼の後姿を眺めて、

「薄暗いところに、そんな風に立っていると姿が何んにも見えない、背中があんまりくろいもので——何にも無い見たい！」と云った。

彼は、肌脱ぎで宮田達の後ろにぼんやり立っていたのだ。あまり手持ぶさたなので、無数の星が閃いている空を見あげていたのだ。

四

兄が帰ると、弟の宮田はホッとして、夕方になると嬉し気に酒を飲んだ。此間のビール箱が、あの儘庭に残っているので、陽が照らないと昼間でもそれに腰かけて、よく彼はトランプに熱心な宮田の相手をした。

「今晩の御馳走は何です。」

宮田は庭から、座敷で編物をしている彼の細君に声をかけた。

「また牛肉じゃ厭?」

「牛肉だって好いから、もう少し料理を施して呉れなけりゃ……」

「良ちゃん、自分で料理したらいいのに。」

彼は、黙って手にしたトランプの札を瞶めて居た。スペートのキングの顔を眺めていると、妙に父の顔が浮んだ。尤も彼の父は、鬚もないし、顔だちだってあんなではなかったが——彼がうっかりしているうちに、宮田がスペートのジャックを棄てたので、彼はキングを降ろしマイナス十五点をしょわされた。

「親爺じゃ参ったろう。」と宮田は鼻を蠢めかせて笑った。スペートのキングを彼等はいつでも親爺と称していた。

「手紙!」と細君が、不興な顔つきで云った。直ぐに彼は、母からだと悟った。——凡そ彼は、近親の手紙を喜ばなかった。殊に母のは閉口した。その内容の如何に関わらず、いつの時でも変な恐怖と救われ難い憂鬱とを交々感ずるのが常だった。東京の生活を切りあげてから暫く両親のそばに住んでいたので、この厭な気持に久しく出遇わなかったが、四月以来また離れて暮すようになってからは、少くとも一ト月に一回は母からの音信に接しなければならなかった。

彼は、いつもの通り云い難い冷汗を忍んで慌てて読み下した。(その日のは彼がスペシァルな要求をしたのに対する、スペシァルな返事だった。)

「拝啓　先日の敬さんからのお言伝は聞き及び候　皆々至極壮健の由安堵いたし候　猶この上とも十分に注意せられ度候　さて御申越の金子は本日は最早時間なければ明朝出させ申すべく或は石川に持たせ

つかわすべく候
父上は滅多に御帰館なく稀に帰れば暴言の極にて如何とも術なく沁々と閉口仕り候
今や私もあきれはて候故万事を放擲してこの身の始末致す覚悟に御座候　父上の憤りは主に御身に向けられる憤りの如くに考えられ候
御身のことを申すと父上は形相を変え一文たりとも余計なものを与えなば承知せぬぞといきまき居り候
さて私も兼々の計画通り今回一生の思い出に富士登山を試むべく明十二日午前八時当地出発の予定に御座候　伴れは松崎氏　寛一　栄二　滝子　冬子等同行六人に候　私も承知の体故いかがとは存じ候えども運を天に任せ決行の次第にて、若しもの時は後事よろしくお頼み申し候　尚私所有の遺物は大部分栄二へ御譲り下され度願上候
父上は当分帰宅なき様子にて決して依頼心を起すことなく御身も自活の道を講ぜられ度願上候　若し無事帰宅せば私も御身の滞在中その地へ参り種々心残りのこと伝え置きたく思い居り候

八月十日夜認む　　母より

信一殿御許へ

読み終ると彼は、慌てて座敷へ駈けあがり手紙は机の抽出に投げ込み、何か用あり気に一寸玄関へ走り、見るからにワザとらしい何気なさを装って宮田の前に坐った。

ずっと勝ち続けていた勝負だったが、それから三番も手合せしても彼は負け続けた。

いかにもありそうな、そして安ッぽくシンボリカルな小説の結末のようで、彼は可笑しかった。――そして身辺の多くの事柄を、稍ともすればそんな風に不遜な考え方をしようとする自分をかえりみて、身の縮まる思いをした。

五

九月一日には、またと無い大地震が起った。幸い家は潰れなかったので、家のなかで彼は当分蒼くなって震えていた。

小田原では母の家だけが辛うじて残り、他は凡て焼けてしまった。

貸家とか土地とかで生活していた彼の父は、無一物になって、彼が初めて帰って見ると、蝉の脱け殻のような顔つきでぼんやりしていた。

父は、妾の家族を抱え込んで途方に暮れ、焼けあとに掘立小屋を拵える手伝いをしていた。母だけは、自分の所有になっている家が残ったので、父の方などには一文も金を遣らないと云って、独りで住んでいた。

父は、女にやる金がなくて弱ったもので、思案の揚句その掘立小屋で居酒屋を初めさせた。

或晩、彼がその小屋を訪れると今迄とは打って変った態度で父は彼を迎えた。そして久し振りに二人で酒を飲んだ。

「今にここに大きなホテルを建てるよ。そしたらお前はその支配人にならないか。」

そんなことを父は話して、彼を苦笑させた。何とかひとつ皮肉を云ってやり度い気がしたが、遂々出なかった。

その後彼は東京に来て、或る新聞社の社会部記者となって華々しい活動を始めた。間もなく彼は、その非凡な手腕を同僚に認められて、社から大いに重要視された。彼は、生れて初めて感じた得々たる気持で、燕の如く身軽に立ちはたらいた。

初冬らしい麗らかな日だった。彼は口笛を吹きながら、ステーションへ急いだ。二タ月振りで小田原へ帰るのだった。……どんな風に誇張して、得々たる自分の功蹟を説明してやろうか、何と親父の奴が舌を捲いて仰天することだろう！　それにしても今迄いろいろなことで癪に触っているから、どんなかたちで、どんな皮肉を浴せてやろうか？　阿母もひとつ何とか苛めてやろう、この俺を信用もしないで、細君にまで辛く当ったりしたから、此方もひとつ遠廻しの厭がらせを試みてやろう。……彼は、そんな妄想に耽って胸をワクワクと躍らせた。

彼は、片手に例の「スプリングコート」を抱えていた。いくらか冷々したが、それを着て往来を歩く気にはなれなかった。

これは、つい此間熱海から届いた行李の中に入っていたのだ。

帰りがけに、この古コートを父の掘立小屋に何気なく置き忘れて来てやろう――彼は、そういう量見だった。

彼は、鼻頭をあかくしてセッセッとステーションを眼指して歩いて行った。

センチメンタル・ドライヴ

「弾《ひ》け！　弾け！　その手風琴《オルガン》で沢山だ。」

「南北戦争の兵隊でもが持つような手風琴だな、ハッハッハ！　横ッ腹が大分破れているじゃないか！」

「お前の胸には打ってつけだろうG――」

「失敬な、弾かねえぞ！」

「弾け！　弾け！　リング、リング・ド・バンジョウ！　あんなものを弾くにはそれで沢山だよ、K！お前は一緒にハモニカを吹け！」

「オーライ！」

「じゃ、俺もオーライとしよう！」

Gの言葉だけが隣りの部屋で、ただぼんやりしている僕の耳に、Gのだ！　と解るのであった、何というわけもなしに――。

「歌おう！」

「踊ろう！」

「プロージッド！」

水を飲んで、あの騒ぎだ！　と僕は思った。何がそんなに面白いんだろう！　一体何に彼等は、あんなに浮れているんだろう！

「あきれたカレッヂ・ネキタイ達よ！」

――「Gの手風琴は厭に間のびがしていて、やっぱりいけないな。Gの奴、大分今夜は何うかしているね。」

「…………」

「あの音楽係は免職にして、蓄音機にしよう！」

「そしてGも一緒に踊れ！」

「うむ、踊りの方が俺も好い。その代りあんまり俺の側《そば》へ寄るなよ。」

「たしかにメートルが狂っているぞ！」

「喋舌《しゃべ》るな喋舌るな？　さあ始めろ！　あの滅茶苦茶に賑やかな when you are alone《おまえがたったひとりのときに》 あの Fox-trot！」

「レディ！」

大変な騒ぎだ！　と僕は思った。窓に月の光りが射していた。


決して不愉快ではなかったが僕は、頭がガンガンしてしまったので、ひとりで散歩に出かけた。

いつの間にか海辺まで来てしまった。

あの時誰かが云った、あの滅茶苦茶に賑やかな when you are alone――その言葉が私の頭に妙に残っていた。

「お前がたったひとりの時に――なんて云う題目の音楽が、滅茶苦茶に賑やかだ！　なんて可笑しいな！」

いつも大変常識的な、勿論音楽のことなどは何も知らない僕は、馬鹿々々しそうに呟いた。

たった一人の時なら静かに違いないじゃないか、たった一人で賑やかならば気狂いだ、つまらぬ音譜があったものだ！

景色などにあまり心を奪われた験《ため》しのない僕なのだが、吾家《うち》に帰ったってあの騒ぎではたまらないし、まあ、もう暫く散歩でもして行こうか？　などと思いながら、ぶらぶらと渚近くを歩いていると、さすがに月の夜は美しかった。

そして、いつの間にか大変遠くまで歩いて来てしまったのに気づいた。――僕は、小舟に凭《もた》れて、珍しくも沁々と月を眺めたりした。夜も大分更《ふ》けたと見えて、ふと足もとを見ると自分の影が恰《まる》でベルモットの壜のように細長く倒れていた。余程眼を凝《こら》しても、何処が頭で何処が肩のあたりか、さっぱり見当もつかない全くの壜だった。

影を見て、僕は、歩いて見た。するとまあ何と可笑しなことには、僕の二本のズボンの脚は、夫々一丈程の長さもあろうか！　最も痩っぽちな大人国の住人だ。何も彼もスイスイと跨いで行く！　舟も一《ひと》またぎ、流れも一またぎ！

ちょいと、爪先きをあげると、僕の爪先きは遥か彼方の波がしらを蹴っている！　ぴょんと飛びあがると僕の頭《あたま》は、遥か向方《むこう》の、月の光りで斑らになっている松林にとどいているではないか。片手を上に挙げると、手の先は、丘の赤屋根をつかんでいる。

「やあ、面白い面白い！」

思わず僕は、そんなに声を出して呟きながら、得意気に胸を張り、肩をそびやかして闊歩した。影は、土筆《つくし》がそだつように伸びて行くのであった。夜が更けて月が傾いてゆくからなのだ。

おお、僕も、いつか、あの、滅茶苦茶に賑やかな「お前のたったひとりの時に」であった。

「吾家《うち》へ帰って彼等と一緒に踊ってやれ。」

「リング、リング・ド・バンジョウ！」

「弾け！　弾け！」

「何とまあ美しい月夜ではないか、これで浮れずに居られようものか！」

僕は、戯曲を朗読するかのように幾つかの声の調子で吾れと自ら受け渡しをしながら、浮れ、浮れて、松林を抜けて、丘を超えて一散に吾家《わがや》を目ざして歩き出した。

ほんとに僕も、Gではないが、変にメートルが狂ったかのようである——斯んなに遠くまで歩いて来たのだった。

松林を出ると、白い平坦な街道だった。この道を吾家《わがや》まで戻るのには、凡そ小半里も歩かなければならなかった。——山も丘も、林も、一面に月の光りを浴びて、雪の景色のようでもあった。

僕が、面白可笑しく小走りに駈けて行くと、一直線の田圃道の遥か彼方に青白い光りが一点現れたかと思うと、見る間にそれはサーチライトになり、僕の眼を射った。

「オートバイだな！」と僕は気づいたから、そして余り広くない道幅だったから、要心深い僕は、ポプラの木の下に避けていた。

するとオートバイは、僕が立っている二三間先きに来ると、ピタリと止った。——いくら月の明るい晩だと云っても、そのヘッド・ライトに真向きに射られているんでは、乗手の姿が解ろう筈はない。

「マキノさん！」と、そのオートバイの乗手が呼んだ。

「ああ、G——君だったのか？」

「僕の方から一町も前からあなたの姿が解っていましたよ。——あなたは、ひとりで妙に浮れて、そして二ヤニヤと笑っていましたよ。変だな、どうしたの？」

「笑ってなんぞいるもんか――」と僕は慌てて打ち消した。「その灯りが、あんまり強いんで、まぶしかったんだよ。」

Gは頓着なしに続けた。

「僕は、あなたの姿を初めに見つけた時、これあいけないと思った……」

「何うして。」

「何うしてッてこともないんだが――」

「だって君は吾家《うち》へ帰るところだったんだろう？」

「それがね――」とGは、サドルから飛び降りて、赤くなった顔を僕に示した。Gの眼差しは何時も美しい。その眼が月夜のせいか、僕に沾《うる》んで見えた。漸く少年の域を半ば脱しただけのGの滑らかな頬は、桃のように薄赤かった。蔭で、仲間同志だと、さっきのように、あんなに乱暴な言葉を利いている者だとは、僕には一寸想像も出来なかった。

「笑うでしょう、マキノさん？」

「誰が笑うものか、馬鹿な。それがどうしたというのさ。」

と僕は白々しく云った。

「それがね、別段、理由もないんだ。――僕は、今、吾家へ帰るんじゃない……」

「そして何処へ行くの？」

「そう、アッサリと問い返されちゃ困っちまうな。」

「変なGだね、今夜に限って――」

と僕は一層白々しく云った。

「だからさ、さっき、僕はあなたの姿を見つけた時に、忽ち引っ返そうとしたんだが、この道じゃ廻れやしない――」

「早く結論をお云いよ。」

「僕は、ただ滅茶苦茶にこの一本道をカッ飛していただけ！　グルッっと廻って、また、あなたの家《うち》へ帰って、皆んなと一緒に踊るんだ。それで、お終い！」

僕はGのこの言葉を聞くと、変にギくリとした――。だけど僕は、空呆けて、

「何だ、馬鹿々々しい。」と云った。「この辺で引返さないか、そして僕をそれに乗せてッて呉れよ。」

と僕は空の側車《サイドカア》を指差した。

「…………」

いつまでたってもGが答えないので、僕はそっとGの耳もとに口を寄せて、

「君は誰かに恋しているんじゃないか。」

とささやいた。

「…………」

Gは微かに首を振った。

「ほんとうに？」と僕が、稍屹《ややキ》ッとなって念をおすと、Gは、がっくりと首垂《うなだ》れた。そして極くかすかに点頭《うなづ》いた。

僕は、思いきり強い口笛を吹き鳴らしながら、奇妙にソワソワとしてGの車の周囲を堂々廻りをしていた。――そして僕は、まるで僕自身の胸に新しく艶めいた悩みが萌したかのような心地になって、

「G、一緒に行こう。」

と云うがいなや、側車に腰をかけた。

「君の自由に、ドライヴしたまえよ。――無理には決して訊かないからね。」

僕は、それで酷く気の利いたことを云ったつもりだったのである。

一散に先きを目がけて走り出すのだろうとばかり僕は思って、なんとなく心構えをしていたのに、Gは僕を乗せたまま徐《おもむ》ろに車を元の道に廻すのであった。

そして僕には、何とも云わずに速やかにスタートした。

「おやおや、僕の家へ引っ返すのかね。そんならそれでも好いが僕は、これから快い気分で、君の感傷につき合おうと思っていたのに――」

「それは、どうも――」

「急にまた賑やかに遊びたくなったの?」

「……いいえ。」

「僕に遠慮するんなら無駄だよ。」

と僕は細心の物解りの好さを伝えたのである。

「ええ――ともかく……」

……僕の体が達磨のように転げそうになるほどスピードを強めていた時、Gが如何にも切なそうに弁

解したのだったから僕の耳には余りはっきりとは響かなかったが、凡その次のような意味のことを伝えた。

……皆なが皆な踊り相手を持っているのに自分だけが独りで、口惜しさに堪らなくなったから、実はこれから、この事で彼女を迎えに行くところだったのだ。この側車に彼女をのせて花々しく帰って来ようと思っていたところなのだ。だから自分は、今あなたを送りとどけると同時に引き返して、迎えに行くところなのだ。

「早くそう云えば僕は、乗りはしなかったものを――僕は、また何を君は、はにかんでいるのかと思って、飛んだ心配をしていたところだったのに――」

僕が、酷く揺られて身を縮ませながらそんなことを云うと、Gは、すっかりテレ抜いて、途方もないスピードを出して僕の胸を冷した。

僕の眼の先きでは、Gの葡萄酒色のカレッヂ・ネクタイが凄《すさ》まじく翻っていた。

黄昏の堤

一

小樽は、読みかけているギリシャ悲劇の中途で幾つかの語学に就いての知識を借りなければならないことになって、急に支度を整えて出かけた。停車場の辺まで来ると時間で出るバスが恰度出発したばかりのところで、走って行くのが行手に見えた位だったので、一層一ト思いに！　と思って、大股で歩き出したのである。

彼は真向うに見える丘を一つ越えた村にいる友達の青野を訪れるのであった。少々歩を速めれば、国道を回り道をして行くバスに比べて、此方は一直線に田甫道を寄切って丘を伝うて進むのだから時間の相違は殆ど同じ程度だろう——などと思って彼はステッキを振りながら彼方此方に月見草が咲いている夕暮時に近い田甫道を小川のへりに沿うて急いで行った。秋めいた微風が吹きはじめた頃で、ただの散歩なら至極快い美しい眺めの田園風景なのだが、小樽は脇目も触れずに、上着を脱いでも汗は滲ませながら郵便脚夫のように忠実に進んで行った。青草が靴を深く埋める程の小径である。

「途中で日でも暮れたら往生だぞ！」

田舎の夜道に慣れない彼は斯んなことを呟いて、頻りに腕時計と消えかかりそうになっている夕映の空ばかりを気にしながら、口笛を吹いたりした。

そんな風に彼は道を急いでいたが、最初の思惑とは違って、どうやら丘にまでも行き着かないうちに日が暮れそうな模様だった。

「斯んなことなら明日にすれば好かったものを——」

などと彼は後悔したが、今更引返すわけにもゆかない、道の中ばに達していた。遥か遠くの山裾にある人家に、もうポツポツと灯などが点きはじめていた。

「愚図々々してはいられない！」

歩きはじめてから一刻だって愚図々々などしたわけでもないのに彼は、達磨のような眼をしてそんなことを呟いた。

「駈けろ駈けろ！」

不図、思い出すと斯んな馬鹿な話がある。つい此間のことである。遊びに来た青野が、彼に真面目に、青野の村の村長が或る夕暮時に、そうだ恰度この辺だ！　小川の流れが左に迂回している水門のほとりだと云った！　――狐に化《ばか》されて酷い目に遇ったという凄い話を伝えた。あの時小樽は、

「馬鹿な馬鹿な！」と笑って、てんで身を入れて聞きもしなかったが、今、不意に、その現場のあたりで思い出すと、思慮なく寒気がして来た。青野から小樽が聞いた話の筋書は省略するが、「狐に化される」と云う言葉は変だが、斯んな風な精神状態の場合には在り得べきことだ――などと理学士の青野が、それを科学的に説明したことなどを思い出すと、すっかり非科学的な頭に今はなっている小樽は、「在り得べきこと」ばかりが無闇に信じられて、脚はもう宙を踏む思いに打たれてしまった。

「村長だって、君、相当の現代人なんだがね――」

とも青野は、「在り得べきこと」を裏づけたっけ！

「逃げた逃げた逃げた、村長は、君、こいつはいけない！　と思ったから、駈け出したんだよ。自分は、はっきり醒めているわけなんだよ、飽くまでも――。ところが君、土堤《どて》が長いこと、長いこと！　そ

して、珍らしいことには、馬鹿にいろんな人達に出遇うというんだ。」

青野が云った斯んな言葉が小樽は酷く気になって来た。

「そうだ、駈けちゃいけない。悠然と、しっかり歩かなければ――」

小樽は、わざと声を出して、重々しく唸った。この頃ギリシャ悲劇などにばかり没頭しているので何か小樽の頭の中には、在り得べきこと！　と、在り得べからざること！　との境を超えた夢が、何時も華やかに煙っているという風な力弱い恍惚境があった。それが、彼は突然不気味になって来た。

二

漸くの思いで長い田甫道を突き詰めて、丘の径道《ほそみち》にさしかかろうとする馬頭観音の祠の前で小樽は一息吐いていると、

「あたしの家へ来るの、小樽さん！」

と、呼びかけられた。

小樽は、冬子だな！　と直ぐに気づいたにも拘わらず、その瞬間には飛びあがるほど喫驚《びっくり》した。

「冬ちゃんか？」

「あしたあたりを東京へ帰ろうと思うので、これから町へ、ちょっと買物へ行こうかしらと思って出かけて来たところなんだけれど――」

小樽は冬子の様子をジロジロと験聞した。

「斯んな恰好じゃ、帰りに寒いかしら！」

白い上着一枚の冬子は、潮にやけた露《あら》わな腕を小樽の眼の前に示した。

「………」

従兄《にい》さんは居る？　と青野のことを聞かなければならないのを忘れて、小樽はキョトンと冬子の姿を眺めていた。

「もう一トあし遅れると行き違いになってしまうところ――」

冬子は小樽が自分を訪ねて来たと思っているらしかった。――だが、小樽もそれに逆らおうともしなかったばかりか、

「ほんとうに――」

と点頭《うなづ》いていた。「……そして冬ちゃんは、ひとりで行くの？」

「バスを待っているんだけれど、仲々来ないのよ。田舎の乗物はこれで厭になってしまうわね。――でもね、あなたが一緒に行って呉れれば、あたしは、却って歩いて行きたいのよ。どうせ、まだ早いから好いでしょう。そして、帰りには一番終いのバスで……」

「だって、この坂から独りで帰れる？」

「いいえ、あんたが送って来て呉れるのよ。」

と冬子は、自分の冗談めかした独り決めを笑いながら、厭にぼんやりしている小樽の両手を執って徒《いたず》ら気に振った。

「そんなら、帰りだって、若し乗り遅れたって、歩いて来ても好いな。」

と小樽は、夢のような心地で云い放った。

三

「青野の家へ着くまでに夜にならなければ好いが――と僕は、さっき、この道をとても慌てて来たんだぜ。」

「何故夜になったらいけないの、怕《こわ》いの？」

「まさか――」

と小樽は口走ってしまった。

「おなかでも空いているの？」

「決して――」

と小樽は、青草を蹴って行く冬子の白い靴がチラチラとするのを視守りながら云った。さっきはたしかに空腹でもあった。青野の処に行き着いたら早速食卓に割り込もう！　と思っていた位だったが、今はもう胸が一杯で、他のことは皆忘れて一途に有頂天の思いであった。

「厭ァな人！」

「何が厭な人なのさ、え？」

小樽は、仰山に冬子の顔を覗き込んだ。

「だって……」

「だって！　それが何うしたの？」

「だって、さっきは――いえいえ、もう好いのよ、解ったわよ。」

「御覧な！　素晴しい月見草じゃやないか、どら一枝、胸にでもさそうかな。」

「今夜は屹度お月夜ね……」

「平気だ、斯んな道――」

小樽は、組んでいた腕を離して、わざと武張った足どりで先へ立ったりした。

「帰りにだって？」

「闇だったら提灯を買って来ようよ。」

小川の迂回するあたりの道だった。夕闇が漸く溢れ、終《しも》うせて、向い側の岸のあたりでまわっている水車小屋の事の飛沫が白い蝶のように見えたりした。

二人は会話が杜《と》絶《ぎ》れると、肩を組んで、口笛に合わせて鮮やかな歩調を踏んで行った。

「ね――」

と冬子が云った。「ほんとうは、あたし、町へなんか行ったって行かなくったって関《かま》わないのよ。さっき、ただ、ああ云ったただけだったのよ。」

「そんなこと何うでも関《かま》わない――」

と小樽は、全く意に介さぬ心地で咽ぶように云った。「僕だって――」

「わかっていた？」

無論何が何だか解っていなかったが彼は、

「僕だって、ただ散歩に来ただけのことだったんだもの――」などと云った。あんな用事があったのだったが、斯う答えても亦少しも嘘をついたとは思えなかった。そして、力を籠めて訊き返した。

「明日東京へ帰るということは？」

「それは、ほんとう――」

「………」

「東京まで送って来れない？」

「……アイシスとオリシス――」

と彼は片手に抱えている一冊の本の包を云った。「これを今読んでいるところなんだけれど――」

「そんなの、そのまま持って行けば好いじゃないの？　アイシスって何？」

「アイシスは娘の名、オリシスは――」

「恋人？」

「まあ、そうなんだけれど――オリシスという若者は酒神《バッカス》を信仰し過ぎて、オリンピアの学芸競技に落第して……」

「何なのよ、それは？　喜劇なの？」

「大悲劇――」

「悲劇ですって！　馬鹿にしているわ。ちっとも悲しくなんてありゃしない。好い気味だわ、バッカスの信仰者なんて――」

「じゃ、もう少しその先を聞いておくれ。冬ちゃん。」

と彼は切なそうに云った。

「止して頂戴よ。大嫌いだわ。あたし、バッカスだなんて！」

冬子は機嫌を損じて彼の腕を打ち払った。

「送るのが厭だもので、あんなことを云ってごまかそうとしているのよ。いいわよ。——散歩も此辺で止めましょうよ。」

「御免——」

と小樽はあやまった。「止めるんなら、青野の家まで送って行こう。」

「従兄《にい》さんの辞書を借りなければ解らないところでもあるんじゃないの？」

「それもある——けれど、是非読まなければならない本じゃないんだから、何《ど》うでも好いんだ、それは……」

「馬鹿にしているわ。」

「冬ちゃん——」

と彼は駈け寄った。「僕は、何うして好いか解らなくなってしまった。」

……と、冬子も突然ぴったりと立ち止まって、両手で顔を覆った。そして、

「あたし——もよ。」

と低く呟いた。「憤ったようなことを云ってしまって、堪忍して……」

……小樽は、本もステッキも上着も投げ棄てて、冬子の腕をとって極めてねんごろにささやいた。

「兎も角、町まで行くことにしようよ。ね、冬ちゃん。そして、提灯を買って、この道を帰って来ることにしようよ。」

ビルヂングと月

酒が宴の途中で切れると、登山嚢《リュックサック》を背にして、馬を借りだし、峠を越えて村の宿場まで赴かなければならない。——私達はついこの間うちまで、そんな山中の森かげでたくましい原始生活を営んでいた。冬のはじめから春にかけての一冬であった。

今、私は都の中央公園の程ちかくにあるアパートの六階の一室で、窓から満月を眺めながら四五人の友達と雑談に耽っている。

「が、何時も僕は運が好くて、その使い番が当ったのは、たった一度しかなかったよ、その一冬の間で——」

などと私は語った。カードをまき、スペキュレイションをとった者が使いに行くことにきまっている。

その、たった一度私がスペキュレイションを引いてしまった晩の話——。

臆病な私は脚のすくむ思いがし、胸の鼓動があたかもそれまで休止していた時計が急に活動をはじめたかのように鳴りだし、酔いは頭の一隅に固くたたずんでしまった。私は次の間に行って支度をし終わると、卓子の抽出から怖ろしく古風な大型のピストルをとりだして秘かに腰にはさんだ。——このピストルは、こんな愚かな経歴を持っている。私達がこの生活を始める時に、起床の合図、飯の合図などのためにこれで空砲を放つことにしよう、われわれは朝は一勢に起き出でて一勢に朝食の用意にとりかからなければならない、そして健やかな一日のために、健やかな出発をしなければならない——と私が提言して、これを携えて来たのであるが、毎朝々々いとも景気好くポンポンとこれを打ち鳴らして勢ぞろいの役に立てたのは好かったが、この音のために、あたりの森に住んでいる鳥類が驚きの叫びを挙げて四散し去り――Hと称う鉄砲の名手が私達の仲間に居て、「真に朝飯前に僕は五六羽を打ち落し、朝食には山鳥のロースト、夕食にはきじの何とかという工合に、とても豊満な大皿を日毎諸君にすすめて、僕の力できっと諸君を肥らせてやるよ。」「Hの腕なら頼もしいな。僕達はきっと町にいる時の何倍もの美食にふけることが出来るだろう！　愉快だ、愉快だ！」

などと喜んでいたのが、どんなにHが夢中になって森の中を駆け回っても、山に来て以来ヒヨ鳥を二羽落した以外に何の獲物も得られなくなってしまったのである。それればかりか、一同は悲しそうにうつむいていもばかりを幾日間というもの食べ続けて、猛烈な胸ヤケに襲われ、谷川の水をガブガブと飲んでは胸をさすり、また腹痛を起す者さえ出来て、終いには、あんな提言をした私に向ってのろいをふくむ眼を示す者さえ現れたのであった。

で私も、幾分機嫌を損じてある晩、そんなにあのピストルばかりのせいにするにも当るまい、おそらくHの腕だって彼自身が誇る程の見事さではないのだろう、一体に自ら己れを誇る者の多くは、その真実の力において誇りに匹敵しないというのが常例じゃなかろうかね――というようなことを、横に向いて不足そうにうなると、Hは非常に腹をたてて、その翌朝川向うの杉のこずえに的をつけて、様々の方向からねらい打ちをして的中させ、

「この通りなんだ！」と私に詰め寄った。私は、失敬した、御免！　と謝った。

それ以来あわれなピストルは私のテーブルの抽出に姿を潜められてしまったのであるが、私は気分において「心晴れぬ」わだかまりが生じてならなかった。私は、危ながり屋で実弾をこめた飛道具などを

玩ぶのは胸が許さなかったが、朝早く起き出でて、窓に向ってカラのピストルを鳴らすと、そちこちのテントや小屋から仲間の者が集まってくる、「お早う」「お早う」と朝のあいさつを交しながら皆な深呼吸をする――そのピストル係りが何よりも私の心持を愉快にさせて、私の意気地のない心の病いや厭世観を忘れしめた――といえる位なのであった。だから私は、それを禁じられて以来、森に向って、でたらめの演説を試みたが、言葉というものがどんなに悲しいものであるか！　ということを目のあたりの山彦のうちに見せられるかのようなテレ臭さに襲われて、続かなかった。

……夜は既に十二時に近かったろう。私は酒の重味を背にして、月に照された峠道にさしかかっていた。行きがけは大分怖ろしくて出来るだけ馬を飛ばせたが、月があがったせいか、明方の道を、旅行にでも出発する見たいなすがすがしさを覚えていた。

「この辺でピストルでも打ったら小屋まで聞えるだろうな。久しぶりで、この峠の頂きに立って発砲したらどんなに清々とすることだろう――彼奴等《きゃつら》が驚いて――いや酒の到着を知ったら何も彼も打ち忘れて、向うでも合図の叫びを挙げることだろう。」

こう思うと私はほとんど無意識に、腰からピストルを引き抜き、空を向けてポンポンと打ち鳴らした。

――と、馬が驚いて駆けだした。私は、更に驚き、たてがみにしがみついて、

「ドリアン！」と馬の名を呼びながら悲鳴を挙げた。「待って呉れ、待って呉れ、酒がこぼれてしまうよ。折角夜道を走って買って来た酒が――」

忠実なドリアンは直ぐに脚並をもとに戻したから好かった。

何でもないといえばそれぎりだが、禁を破ってピストルを打った位で、私はすっかり清々として意気

揚々と進んで行くと、火をかざしておし寄せて来た小屋の連中と小川の傍で出遇った。

「驚いたのか、悪かったな！」

「いやいや。待遠しくて堪まらなかったんだよ。馬鹿に鈍《のろ》いんだもの。――ピストルの合図は実にうれしかった。」

「ほんとうか？」と私は叫んだ。「そんなら己《おれ》は毎晩この役目を引きうけても関《かま》わない。」

回想すると空々しいが、この時私の胸はうれしさの余り涙の感じで一杯だった。何故か解らぬがわびしい村などでうつらうつらと生きていると、その日その日の命のしょう点とでもいう程の意味で、時々自分をびっくりさせぬと、拡がって行くばかりの夢ばかりが怖ろしくなって制しきれなくなってしまうらしい。

三升入の酒だるだから仲々重い。こいつを順々に抱えて、のみ口から酒を飲み――再びたるを背中につけた馬上の私をとりまいて、口々に何かはやしたてながら小屋へ帰って行って。

……………

私はビルヂングの窓から月を仰いだ。都では、静かに、そっと月を見あげるのが、命のしょう点である――というような馬鹿気た感じを抱きながら――。それにしても、月を眺めることでは、だれにも迷惑を与えないであろう――などという安易を覚えたが、それから皆で街に出て、バアに立寄ったり、議論をしたり、舞踏場へ赴いたり、公園を散歩したりしたが、私がややともすればビルヂングの上に懸っている月を眺めて感傷風な顔などを保つので、決局伴れの人々に迷惑を与えてしまったらしい。

ガール・シャイ挿話

僕（理科大学生）は、さっき玄関でチラリと娘の姿を見たばかりで一途にカーッと全身の血潮が逆上してしまって（註、ガール・シャイを翻訳すれば、美しい女を見ると無性に気恥かしくなって口が聞けなくなる病――とでも云うべきであろう。）慌てて自分の部屋へ逃げ込んでしまった。

「おーい、二郎、来ないか？」

兄貴が呼んだ。僕はゾーッとした。――斯う逆上すると、それが何んな原因に依る感情であるか（有頂天の法悦にひたり酔っていた筈だッたが）――などということは反って忘れてしまって、厭世観に誘われて来る。

僕は堅くなって兄貴の部屋に入って行った。わざと何気ない素振りを装おうとする努力が、却って僕の態度を堅くしてしまうのだ。

兄貴は僕の顔を見るがいなや、変に快活気な調子で、

「フロラさんだよ。」

と、僕も噂にだけは聞いていたアメリカ娘を紹介した。噂に聞いていた時よりも、ずっと美しいので僕は内心酷く驚いていた。

「おお、ジロウ――お前のことは予々《かねがね》お前の兄から……」

フロラは流暢な自国の言葉で、洗練された愛嬌を振りまきながら腕を差し出した。それだけ解っただけで、何んな言葉を云っているのか僕にはさっぱり解らなくなってしまったが、辛く微笑を湛えて恭々しくその手だけはとった。

（僕は、第一印象だけで、彼女に深く想いをかけてしまった自分が可笑しく、そして憂鬱であった。）

僕は、椅子に腰かけたが絶対に言葉がなく、煙草ばかり喫していた。

兄貴とフロラは絶え間なく会話を続けていたが、不図娘は僕を意味して、

「彼は――」と兄貴にたずねた。僕はドキッとしたが、努めて平気そうに已れもまた長閑な会話者であるかのような表情を浮べていたのであるが――。「彼は何故《ゆえ》にあの如く黙っているのか、何か不機嫌な理由でもあるのか?」

「おそらく――」

と兄貴は人の悪い嗤いを浮べて云った。「レディの美しさに圧倒されているのだろう。彼は、自ら交際下手であることを自慢に感じているという風な気の毒なアカデミシァンであるらしい。」

僕は、横を向かずには居られなかった。壁ぎわにあった鏡にフロラが写っていた。彼女は、膝の上の大きな赤革の化粧ケースの蓋をあけて、化粧をしながら、

「自分にはアカデミシァンの胸は全く解らない。」などと云っていた。

「フロラ――彼に、お前の国流の礼儀作法を教えてやってくれ。彼は学校を出ると同時にお前の国を訪ねたい希望を持っている故――」

苛めないで呉れ――とでも僕は兄貴に云ってやり度いような思いであった。

「おお、そう――」

とフロラは深重に点頭いた。そして僕に向って、

「妾の親愛なる友よ、妾はお前に依って日本語を覚えたい、お前の町の美しさは妾がこれまで訪れた国々のうちで……」

と切りに話しかけたが、僕は一向に答える様子もないので再び兄貴に向って、

「彼は英語は話せないのかしら?」とたずねた。

「実用会話だけが特に不得意らしい。」

「まあ、気の毒な。この先、妾と交際したならば、では、随分彼は有益であろう。」

「非常に非常に。」

と兄貴は云うと同時に、最もはやい日本語で僕に、

「何とか云えよ。」と一矢を放った。

僕は、眼と首を横に振った。兄貴は僕にだけ通じる程度で、舌を打ち、そしてフロラとの会話を続けていた。

僕は腕を組んで達磨のような眼をしているより他に術がなくなっていた。そして、二人の会話を聞いているような顔はしていたが、何も解らず、ただ時々フロラの横顔を盗み見るだけであった。

考えて見ると、僕はこの部屋に現れて以来一言の声すら発していないのだ。そう思うと僕は、そんな自分の存在が自分ながら不気味で、そして癇癪が起った。

……と云うて、急にこの木兎のような男がベラベラと喋舌り出したら随分変なものだろう、ああ何うしたら好いだろう……。

僕は、六ツかしい顔をして、秘かにそんな愚かな溜息を吐き、もういよいよ凝ッとしては居られなくなったので、そっとごまかすようにして椅子を離れて逃げ出そうとした時不図熱い耳に兄貴の一言が聞えた。

「彼は FOOLISH――なんだよ。そして時々病の発作が起るらしい。」

「おお、そう。FOOLISH……」

フロラは白い表情で、平然と点頭いていた。その声は科学者の点頭きのように澄んで、非感情的であった。

が、僕が思わず振り返ると、フロラの幾分驚きを含んだ眼が凝ッと僕の顔を眺めていた。――僕は前後の弁えもなく、自分では愛嬌と礼儀のつもりで、出来るだけ豊かな微笑を浮べて、軽く頭をさげると、フロラの表情は明らかに恐怖の色を露わした。

街上スケッチ

明るいうちは風があったが、陽が落ちると一処に綺麗に凪いで、街は夢のようにうっとりとした。――円タクの運転手が、今年の冬は実に長かった！　と力を込めて話しかけた後に、然しまた、これからは事故が多くなるので、浮々《うかうか》しては居られない、事故では自転車が一番多い、居眠りをしながら走っているのがあるのだから……。

「だが、今夜のような陽気だと、吾々もつい眠くなりそうだ。気をつけなければならない――」

などと呟いでいた。

「未だ歩いていたのか？」

「ひとりか？」

「さっきは、酷く忙しがっていたじゃないか、未だ帰らなかったのか？」

銀座に出て、独りで歩いていると、次々に出遇って、三人が、五人となった。三人は、風のある明るいうちに、同じ街角で出遇い、忙しそうにして別れたのであったが――みんな独りで歩いていた男達であった、そして、飲み友達であったのだ。五人とも、酒を飲まぬ限りは、何となく瞑想家沁みた気の毒な人達だ。いつまで顔を見合せていても、微笑一つ浮べぬという風だ。

「未だ時間が早過ぎるな。」

Dが、そう云ったのは酒場の事である。

「おい、D――」

とBが、手持無沙汰からDの肩をつかんで睨めた。「俺は眠いよ。だから今夜はお前がEともみ合いを始めても、俺は、うっとりと聞いているからね。眠気醒しだ。」

「今日俺は、エレベーターの中で居眠りをしている人を見たよ。七階まで三度往復していたが……気がついて見ると、俺も、ぼんやり三度往復していた。好いあんばいに運転手も気がつかなかったが。」

「リフトの運転手が、眠気に襲われたら辛いだろうな、これからは。」

春と眠気に就いて、自動車から船へ移り、飛行機の挿話に移っていた時、突然群集が異様などよめきを挙げた。開き直って見ると、どよめきは、罵しりと笑いの交錯である。

「何うしたんだい、夜が明けるぞ。」

車の窓からそんな声がした。往来が、一杯行き詰っている。

罵りと笑いの声は、八方から交叉点を目がけて飛び散っていた。何方側の車も行き止っている。電車も十文字に停り続けて、先の車の窓々からは重り合った乗客の顔がのぞき出ている。だが、それらの無数の表情は一様に向うを眺めて何か好意に充ちているかのような長閑な微笑が漂うていた。

人々の肩の間から事故の焦点を注視すると、交叉点のゴー・ストップに故障が生じたのである。二人の係官が満身の力を込めて、ハンドルを回そうとしているのであるが、断然動かなくなってしまったのだ。

「やあ、ゴー・ストップが眠ってしまって。」

「誰か手伝って……」

そんな声がする。

一人の係官は、他の係官の助けを借りて、「交通整理機」の柱をよじ登って、あの灯籠のような個所に踏み止まって、仔細に、故障の個所を験べはじめた。――帽子が邪魔になって、下に投げ棄てた。

気の毒にも、汗に堪えられなくなったと見えて、上着を勇ましく脱ぎ棄てて、懸命に表示板を叩いて、首を傾げている。

別の信号灯が用意されて、交通は間もなく開けたが「交通整理機」の故障は、容易に回復しなかった。——街々の光りを映して流れる河のような往来は、もうそんなことには気もつかず、目眩《めまぐる》しく、とうとうと流れて止まなかったが、その真ン中の動かぬゴー・ストップの上で、飽くまでも修繕の仕事に没頭している係員のシャツ一枚の姿が、夢幻的に、巨大な蛾のように見えた。

はじめは同情の念に堪えられなかったが、いつの間にかそれも春の晩の長閑な光に溶けこんで、歌でもうたいながら呑気な仕事を続けているようだった。それにしても、その姿は、火をとりに現れた不思議な蛾に違いなかった。——皆なが歩き出したので私も従ったが、余程離れて振り返っても、未だ彼は、塔の頂きに凝ッと止っていた。

風媒結婚

或る理学士のノートから——

一

この望遠鏡製作所に勤めて、もう半年あまり経ち、飽性《あきしょう》である僕の性質を知っている友人連は、あいつにしては珍らしい、あの朝寝坊がきちんきちんと朝は七時に起き、夕方までの勤めを怠りなくはたして益々愉快そうである、加《おま》けに勤めを口実にして俺達飲仲間からはすっかり遠ざかって、まるで孤独の生活を繰返しているが、好くもあんなに辛抱が出来たものだ——などと不思議がり、若しかすると、あいつ秘かに恋人でも出来て結婚の準備でもしているのかも知れない——そんな噂もあるそうだが——そんなことは何うでも構わない。

兎も角僕は、この勤めは至極愉快だ。

僕は、Girl shy という綽名を持っているが、近頃思い返して見ると僕のそれは益々奇道に反れて——これは何うも、変質者と称んだ方が適当かも知れない。恥しい話だ。

こんな秘かな享楽は、他言はしないことにしよう。

二

製作所の屋上に展望室と称する一部屋があって、これが僕の仕事場である。僕は此処で終日既成品の試験をするために、次々の眼鏡を取りあげて四囲の景色を眺めているわけである。楽器製作所の試音係と同様の立場である。四畳半程の広さをもった展望室には、僕を長として一人の少年給仕が控えているだけである。

朝九時――僕は窓を展き、仕事椅子に凭って、A子の部屋を観る。電車通りを越した向い側の高台にあるささやかな洋館の二階であるが、一間先きに眼近く観ることが出来るのだ。勿論向うでは、此処に斯んな図々しい展望者が居て、厭な眼を輝かせているなどということは夢にも知らない。

A子は、朝、一度起き出でて、窓を開け放してから更に眠り直すのが習慣である。潔癖性に富んだ娘である。窓と並行にベッドが置かれてあるので、A子の寝顔が、若し此方を向いていれば、息づかいも解るほどはっきり見える。その上窓の横幅と寝台《ベッド》の長さが殆ど同じであるから、その寝相までが手にとる如く見えるのである。――此方に、こんな建物が一つあるが到底肉眼では窓と窓の顔は判別も出来ぬ距離であるし、他にはA子の窓をさえぎるものは、それこそ鳥の影より他にはない渺々《びょうびょう》たる天空に向っているわけであったから、睡眠者は気兼なく窓を開け展げて爽かな眠りをとることが出来るわけである。

A子は、規則正しく九時に起床する。僕の執務時間は九時からである。――が、僕は大概八時半に出勤して、直ちに仕事にとりかかるのが慣いになった。

稀に見る勤勉家だ、何という好もしい学者肌の青年だろう――と此処の所長は僕のことを噂しているそうだ。

思えば汗顔の至りだ。

三

彼女の父親の名前は僕も兼々聞き知っていた神経病科の有名な医学博士である。

僕は、好奇心的野心を抱いて、患者となり済まし（が、診察を受けて見ると、やっぱり僕は神経衰弱症患者ではあったが――。）ビルヂング街にある博士の診療所へ、此方の仕事の合間を見計らっては通っている。僕は、勤めを始めてからは終日の規律正しい労役！　のお蔭で爽快な健康体に戻っていると自分では思っていたが、博士に向っては、不眠症だ！　と憂鬱な顔をして呟いたりした。

或日僕が診療所の控室で順番の来るのを待合せていた時、隣りの応接部屋で、友達らしい老紳士と博士が雑談に耽っている様子であったが二人の会話のうちから次のような絶れ絶れの言葉を聞きとったこともあった。

紳士「……すると、お娘御は間もなく婿君をお選びになるというわけ……」

博士「……本来ならば、そうでもしなければならんですが、何しろあの通りの我儘者ですし、それに私は、そういうことは一切当人の自由を認めるという方針で……」

紳士「……なるほど……恋愛結婚に就いて……」

博士「普通の親らしい意見は僕には……ハッハッハ……だが、この頃の娘のアメリカ張りには大分此方もたじたじのかたちで……。……好きな人が出来たら直ぐにお父さんの処に伴れて来るから、その時……むずかしい顔なんてしないで呉れ！　なんていうほどの勢いで……どうも、却々《なかなか》それに就いては僕も戦々兢々の……」

紳士「……特に親しい青年でも……」

博士「交際は大分広いらしいですが、却々自尊心が強いと見えて……」

紳士「自分で自分の美しさを知っているとなると、その点は安心……ハッハッハ……、近頃何処へ行っても、娘の話となると屹度お宅の噂が人気をさらってしまう……なにしろ評判の器良好しで……」

僕は、そんな会話に耳を傾けているうちに、何とも名状し難い不安な心地に襲われて来て、もう一刻も其処に凝っとしていられなくなり、物をも云わずに慌てて務先へ引き返したことがある。

真夏の蒸暑い真昼時であった。この朝は幾分遅れて出勤したのであったが、例に依ってA子の部屋を視守っていたが（寝台《ベッド》の様子で見ると、一刻前に起き出て、取り散らかったままの様子だったから、直ぐに現われるであろう――何時も彼女は自分で寝具を取り片づけるのが常である故。）何時迄経っても現われないのである。鳥が飛び出した後の籠の中のように、取り乱れたままの部屋であった。主の居ない部屋を見守っているのも別種の犯罪的好奇心などが伴って――おお、枕元に書物が一冊翻っているな、何の本だろう？　とか、側卓子の上に珈琲茶碗が！　おや、二つある！　兼書斎ではあるが、娘の寝室など訪れた者があるのかな？　若し前夜のこととすれば、後片づけの間もない程の夜更けか！……そんなような痴想に暫く耽っていたが、何時まで経っても娘の姿は現われようとしないので、僕は苛々として彼方へ出向いたのであった。

――が、再び引き返して、眼鏡を執りあげて見ると、丁度其処に外出先から娘が戻って来たところであった。A子と一緒に入って来たのは、彼女が常々余程愛していると見えて二人が此処に現われると何時までも抱き合ったり、頬をすり寄せて睦言に耽ったりするのが慣いのA子の妹のような女学生のR子（と勝手に僕が称び慣れている）であった。

女学生だったので僕は安心した。あの学生ならば、A子が眠っているところにでも何時でも平気で入って来るのだ。

二人はラケットを携えていた。おそらく学生が朝夙くA子をテニスに誘いに来て、二人は此処で珈琲を喫んでから出掛けたに相違ない。

「馬鹿な！」

と僕は思わず呟いで自嘲の舌を打ち鳴らしてしまった。「珈琲茶碗に飛んだ疑いなんて掛けて、馬鹿を見てしまった。俺は余ッ程何うかしているぜ。」

二人の者は、大急ぎで運動シャツを脱ぎ棄てて、寝台《ベッド》に倒れたまま稍暫らく風に吹かれながら空を見あげて歌などうたっている様子であったが、間もなく起きあがるとタオルを羽織ってバスへ出て行った。

四

（理学士が観た半年もの間のA子の生活に就いての描写を悉く移植することは不可能事である故、此処には主にこの一日の話だけに止めて置くつもりである。理学士が此処に奉職したのは冬の終り頃であった。春、夏、秋――と今や季節はすすんでいる。彼の手帳を通読すると、一人の娘が約半年の間に、ただ一部屋のうちに於ける営みでさえも、日々に成長があり変転がありして行くことが自づと知れて、新しい発見を覚ゆるが、それは長大篇であるばかりでなしに、発表は許されぬであろう個所が多くの部分を占めているからである。その上男兄弟のみで成長し、未だ何んな恋愛沙汰もなかった彼は、路上で出遇う以外の――それも彼はおそらく迂滑で、恬淡であった――若き女性の生活などというものは想像の外であったから、彼にとっては彼女等は冬はあの外套の下にあんな衣裳をつけているのか、下着というものはあんな風に着るものか、靴下はあんな風に難かしく吊りあげているものか、夏になるとあんな簡単な下ごしらえで、その上にあんな羅《うす》ものをつけただけで外出しているのか、彼女等は独りになると何という不思議な不行儀に成り変ることか……などということが、全篇を通じて驚嘆の調子をもって、あまりに臆することなく、あまりに微細に、あまりに研究的に記述されていた。――何の事件もない、最も平凡な一個人の、その上ただ一室内に於ける生活を観るだけでも、傍観者の態度に依っては、そこに不思議な熱と、新しさとをもった芸術味が感ぜられる――などと、わたしは彼のノートを翻しながら思った。それは、同じモデルを様々なポーズで描いている熱心な画学生のデッサンを見るかのようであった。)

タオルを胸に捲きつけてバスからあがって来た二人は、そのまま椅子に腰を降ろして、アイスクリームを喰べはじめた。二人は並んで前の鏡台に顔を写していた。

で、僕は鏡の面に眼を向けると、にこにこと笑いながら水菓子のスプンを口もとに運んでいるいとも健やかな二人の顔が、鏡の中にはっきりと写っているのを見た。額ぶちに入った上半身の動く大写しであった。

二人は、ふざけて、わざと大きな口をあけて舌の上にスプンを乗せて互の顔を見合せたりした。そして、仰山に、まんまるく眼を視張って、突然笑い出すと、何が可笑しいのか、切なそうに胸をおさえて何時までも突伏して身悶えをした。そうかと思うとA子は急に、多分虫歯に冷たいものが滲みでもしたかのように、露わな肩をすぼめながら夢見るような眼つきを保ったりした。すると、更にR子が、A子のその顔つきについて何か囁くと、A子は笑い転げて椅子から飛びのき、卒倒でもしたかのように烈しく寝台に倒れて、頭からタオルをすっぽりとかむって、その中に四肢をかじかめて丸くなったりした。するとR子が駆け寄って、タオルを奪いとって、打つ真似をしたり、腕を引っ張り合ったりした。

漸く茶卓が終るとA子は、シャツを着換えて、別の側にある姿見の前に立って、何か誇り気な様子で自分の姿を眺めた。そして、R子に向って、何か説明しながら体操に似た運動のポーズを次々に示した。R子は端の方に寄って、A子の運動をぼんやり眺めていた。そして、合間々々に何かいちいち点頭いていた。

僕は、運動競技に関しては、この若さであるにも拘わらず全く無智なる徒輩であったから、いつもA子はR子に向って、何かの運動競技の構えや要領に就いてのコーチをしているらしいのだが、僕には、それが何種の運動かさっぱり訳が解らなかった。

……僕は、いつも彼女の口許の動きを見て、会話を想像するのが癖になっていた。動作と営みと表情などを仔細に注視していれば、言葉などというものは大概誤りなく想像出来るであろう――と僕は思っている。

A子は頻りに半身を折り曲げたり、飛び跳ねる恰好をしたり、重たいものを投げるかのような姿をとって、R子に示していた。それが姿見にも映っているので、此方から眺めると全く二人の運動者が、そこに動いている通りに見えた。

扉《ドア》を誰かがノックしたと見える――二人は、一斉に其方を向いて、

「入ってはいけません。」

と断ったに違いない。丁度、その時二人は、外出着に着換えようとしているところで、これからコルセットをしめて靴下を穿こうとしていたところであった。

二人が支度が出来あがって、外出しようとした時分此方も丁度退出時間だった。僕は宿直日であったが、夕飯を食べに出かけなければならなかった。

五

二人が僕の前を歩いていた。僕は素知らぬ風を装い（自分が、自分だけに――）二人の後を追うて省線電車に乗った。僕はA子の隣りに澄して（これも、自分だけの――）腰を掛けていた。

二人は絶えずお喋舌りをしていたが、一向僕の耳には入らなかった。――僕は、真に眼近にA子を見ると、却って、何だか、嘘のような気などがして、ただ索漠たる夢心地に居るばかりであった。僕には、あのA子の部屋のみが、輝ける空中楼閣であって、「地上」で見出すA子の姿などには、何んな魅力も感じていない自分を知った。――僕は、二月も前から電車の中でだけ読むために携えているが未だ十頁も読んでいない（何故なら僕はA子の部屋を眺めていない他の時間でも、不断にあの部屋の幻ば

かりを夢見ていて何事も手につかぬのであった。）「花の研究」という小冊子をとり出して、何時になく落ついた心地で、冒頭の一節を読んでいた。

「試みに路傍の草の一葉をとりあげて見るならば、吾等はそこに独立不撓の計らざる小さな叡智が働いていることを知るであろう。例えば此処に吾等が散歩に出づる時は何処ででも常に見出す二つのしがない葡萄草がある。これは一握りの土のこぼれた不毛の片隅にでも容易に見出される野生のルーサン即ちウマゴヤシの二変種である。最も通俗の意味で二種の「雑草」である。Aは紅色の花をつけ、Bは豌豆《えんどう》大の小さな黄色の球をつけている。彼女等が尊大振った野草の間に匐い隠れているのを見る際、誰が、かのシラキウスの著名なる科学者よりも遥か昔に、彼女等が自らアルキメデスのスクリウを発見して、之を飛行の術に応用しているのに気づいたであろうか。」などと読んでいるうちに新橋駅に着いたので僕は、独りになるつもりで先にたって降車すると、二人も続いて降りるのであった。

　脚並豊かに歩いて行く二人は忽ち僕を追い越して改札口を出ると、傍らから一人の紳士に呼びかけられた。見るとA子の父親である博士であった。

「おいおい、丁度好いところで出逢った。一緒に銀座でも散歩しようじゃないか。」

と博士は娘達を誘うた。と娘達は何故か、ちょっと狼狽の気色を浮べてたじろいだが、苦笑を浮べて点頭いた。

「やあ、君も……」

　その傍らに、思わずぼんやり立っていた僕を見出して博士は、

「娘と一緒なのかね？」と訊ねた。娘達は吃驚して僕の方を振り向いた。

「いいえ――」と僕は慌てて否定した。気易い博士は緩やかな微笑を浮べて、「差支なかったら一緒に散歩し給えな。紹介しよう、これが僕の娘で、こちらが……」と二人を僕に引き合せた。

僕は、落ついているつもりでいたが、いろいろなことを思い出して、わけもなく慌ててしまった。僕は、今、執務時間であるから――などということを、いんぎんな調子で述べてから、それが何んなに非常識な行動であったかということも気づかず、切符を買って再びプラットホームへ引き返して行った。途中で振り返ると、向方の三人は此方を見送っていた。それでも僕は、自分の奇行に気づかずに、もう一度帽子の縁に手をかけて、

「さよなら。」と挨拶した。娘達も手を振ったが、向方の三人が、あまりに意味もなくニコニコとして此方を見送っているので、僕はもう一度帽子をとろうとして、不図気づくと、帽子などはかむっていなかった。

六

僕は孤独を愛す。

僕の世界はこの展望の一室だけで永久に事足りるであろう。僕は僕の胸のうちにあるアルキメデスの測進器に寄り、風を介して、無言の現実と親しむのである。

A子に関する彼の記述は、この十倍あまりもあるのであったが、そのうち最も平凡な以上の記述で中

断されている。あれ以来彼とA子とは親しく往来する仲になっていたが、何故か彼の眼鏡は方向を転じて、町端づれの裏道にある薄暗い長屋に向けられていた。A子の部屋と同様に手にとる如く観察出来る一室の家を見出した。

その家にも娘がいた。理学士のノートには、この一室の展望記が日毎に誌されていた。——彼は、この娘の父親とも偶然に裏町の食堂で知り合いになり、娘とも友になった。が、その精密な記述も、やはり、そのあたりで中断されている。

やがて、洋室の娘にも、長屋の娘にも相前後して恋人が到来した。どちらも秘かに窓を乗り越えて来る夫々に二組のロメオとジュリエットであった。

それまでの間は主に海に向って船舶の観察に余念のない彼であったが、再び彼の眼鏡は異常な執念を含んで、夫々の娘の窓に向っていた。そして、眼を覆いたくなるほどの濃厚な情景が、数限りなく彼のノートに誌し続けられてあった。

夫々の恋人同志が決して人目に触れぬと思っている夫々の部屋で、熱烈な想いを囁き合うている光景を、凝っと視守っていると、奇怪な生甲斐を覚える——と彼は或時震えながら私に告白した。

私も、その展望台に行って見ようか？　と云うと、彼は、うっかり飛んだ事を洩らして了ったというような後悔の色を浮べ、厭に慌てて、「それは困る、それは迷惑だ。」と苦しそうな吃音で断っていた。

「あの展望台は僕の仕事場であると同時に、寝室でもあり、その上僕はあの室でだけ結婚の夢を見ているのだから、うっかり入って来られると何んな迷惑を蒙るかも解らない。結婚の夢は見るが僕は、おそらく真実の結婚は何時までも出来ないであろう……それこそ僕は夢にも望まない。あの部屋の秘密だけは君、許して、見逃して呉れ給え。」

妙なことを云う奴だ――と私は思った。私にはその意味がさっぱり解らなかった。ひょっとすると、どちらかの娘の恋人は彼自身なのかも知れないぞ?

折を見て展望室に忍び込んでやろう。

ゼーロン

更に私は新しい原始生活に向うために、一切の書籍、家具、負債その他の整理を終ったが、最後に、売却することの能《あた》わぬ一個のブロンズ製の胸像の始末に迷った。――諸君は、二年程前の秋の日本美術院展覧会で、同人経川槙雄作の木彫「雞」「牛」「木兎《みみずく》」等の作品と並んで「マキノ氏像」なるブロンズの等身胸像を観覧なされたであろう。名品として識者の好評を博した逸作である。

いろいろと私はその始末に就《つ》いて思案したが、結局竜巻《たつまき》村の藤屋氏の許《もと》に運んで保存を乞《こ》うより他は道はなかった。兼々《かねがね》藤屋氏は経川の労作「マキノ氏像」のために記念の宴を張りたい意向を持っていたが、私の転々生活と共にその作品も持回わられていたので、そのままになっていたところであるから私の決心ひとつで折好《おりよ》き機会にもなるのであった。

私は特別に厳丈な大型の登山袋にそれを収めて、太い杖を突き、一振りの山刀をたばさんで出発した。新しく計画した生活上のプロットが既に目睫《もくりょう》に迫っている折からだったので、この行程は最も速《すみ》やかに処置して来なければならなかった。で私は、早朝に新宿を起点とする急行電車に勢急な登山姿の身を投じ、終点の四駅程手前の柏駅で降りると息をつく間もなく道を北方に約一里溯《さかのぼ》った塚田村に駆け登って、予定の如く知合いの水車小屋から馬車挽き馬のゼーロンを借り出さなければならなかった。近道のみを選んでも徒歩では日没までに行き着くことが困難であるばかりでなく、途中の様々な難所は私の信頼するゼーロンの勇気を借りなければ、余りに大胆過ぎる行程だったからである。

この電車の此のあたりの沿線から、或いは熱海線の小田原駅に下車した人々が、首を回《めぐ》らせて眼を西北方の空に挙げるならば人々は、恰《あたか》も箱根連山と足柄連山の境界線にあたる明神ケ岳の山裾と道了の森の背後に位して、むっくりと頭を持ちあげている達磨《だるま》の姿に似た飄然《ひょうぜん》たる峰を見出すであろう。ヤグラ岳と呼ばれて、海抜凡《およ》そ三千尺、そして海岸迄の距離が凡そ十里にあまり、山中の一角からは、現在帆立貝や真帆貝の化石が産出するというので一部の地質学者や考古学徒から多少の興味を持って観察され、また末枯《うらがれ》の季節になると麓《ふもと》の村々を襲って屢々《しばしば》民家に危害を加える狼や狐やまたは猪の隠れ家なりとして、近在の人民にはこよなく怖れられ、冒険好きの狩猟家には憧れの眼《まなこ》をもって眺められているところのブロッケンである。

私の尊敬する先輩の藤屋八郎氏は、ギリシャ古典から欧洲中世紀騎士道文学までの、最も隠れたる研究家でその住居を自らピエル・フォンと称《よ》んでいる。その山峡の森蔭にある屋敷内には、幾棟かの極めて簡素な丸木小屋が点在していて、それ等にはそれぞれ「シャルルマーニュの体操場」「ラ・マンチアの図書室」「P・R・B《プレ・ラファエレ・ブラザフッド》のアトリエ」「イデアの楯」「円卓の館」その他の名称の下に、芸術の道に精進する最も貧しい友達のために寄宿舎として与えられることになっていた。私は久しい間「イデアの楯」の食客となって藤屋氏の訓育を享けたストア派の吟遊作家であり、この胸像はその間に同じく「P・R・B」の彫刻家である経川が二年もの間私をモデルにして作ったのである。私が経川のモデルになると決った時には、近隣の村民達は悉《ことごと》く貧しい経川のために癇癪《かんしゃく》の舌打ちをしてなぜもっと別様の「馬」とか「牛」とか、左様なものを題材に選ばぬのだろうと、その無口な彫刻家のために同情を惜まなかった。何故ならば経川の斯様な作品ならば、即座に莫大な価格をもって売約を申込む希望者が群がっていたからである。人物を選むならば、何故村長や地主をモデルにしなかったのだろう。村長の像ならば村費をもって記念像を作る議が可決されているし、地主ならば彼自らが自らの人徳を後世の村民に遺すための象《しるし》として、費用を惜まず己れの像を建設して置きたい望みを洩らしている。またこの地に縁故の深い坂田金時や二宮金次郎の像ならば、神社や学校で恭々《うやうや》しく買上げる手筈になっているではないか！　それをまあ、選《よ》りにも選って！——と私は、その時芸術家の感興を弁《わきま》えぬ村人達から、最も不名誉な形容詞を浴せられたことであった。

「あんな！」と彼等は途上で私に出遇うと、おとなしい私に恰も憎むべき罪があるかのように軽蔑の後ろ指をさして、

「あんな碌《ろく》でなしの、馬鹿野郎の像をつくるなんて！」

左様な批難の声が益々高くなって、終《つ》いには私達が仕事中のアトリエの窓に向って石を投げつける者（それは経川の債権者達であった。）さえ現れるに至ったので私は、像の命題を単に「男の像」とか、乃至《ないし》は幾分のセンセイショナルな意味で「阿呆の首」とか「或る詩人」とでも変えたならばこの難を免れ得るであろうと経川に計ったのであるが、出品の時になると彼は私にも無断で矢張り「マキノ氏像」経川槙雄作と彫りつけたのである。そして彼は私の手を執って、会心の作を得たことを悦び、私達のピエル・フォン生活の記念として私に贈った。その頃私は自身の影にのみおびやかされて主に自らを嘲る歌をつくっていた頃であった。両び回想したくない自分の姿であった。この像に「詩人の像」或いは「男の顔」とでもいう題が附せられて、経川の作品の擁護者の手に渡ったならば私は幸いだったのだ。然し藤屋氏は、若しも私が今後の生活上で此の像の処置に迷った場合には、経川の自信を傷《きずつ》けることなしに何時でも引きとることを私に約した人であった。

藤屋氏のピエル・フォンは、道了と猿山の森を分つ鋸型《のこぎりがた》の谿谷《けいこく》に従って径《みち》を見出し、登ること三里、ヤグラ岳の麓に蹲る針葉樹の密林に囲まれた山峡の竜巻と称ばるる、五十戸から成る小部落で、幽邃《ゆうすい》な

鬼涙沼《きなだぬま》のほとりに封建の夢を遺している。神奈川県足柄上郡に属し、柏駅から九里の全程である。

私が今日の目的に就いて水車小屋の主《あるじ》に語った後に、杖を棄《す》て、ゼーロンを曳き出そうとすると彼は、その杖を鞭《むち》にする要があるだろう――

「こいつ飛んでもない驢馬《ろば》になってしまったんで……」と厭世的な面持を浮べた。そして、彼は私が斯様な重荷を持って苦労しなければならない今日の行程を心底から同情し、それが若し「牛」か「雞」であったならば今此処ででも即座に売却して久し振りに愉快な盃《さかずき》を挙げることも出来るのだが「マキノ氏像」ではどうすることも出来ない、早く片づけて来給え、それから帰りには近頃経川が「馬」の小品をつくったそうだから、そいつを土産に貰って来て呉れ、質にでも預けて飲もうではないか！　などと云いながら、私に新しい寒竹の鞭を借そうとした。

「ゼーロン！」

私は、鞭など怖ろしいもののように目も呉れずに愛馬の首に取縋《とりすが》った。「お前に鞭が必要だなんてどうして信じられよう。お前を打つ位ならば、僕は自分が打たれた方が増だよ。」

主の言葉に依《よ》ると、ゼーロンの最も寛大な愛撫者《あいぶしゃ》であった私が村住いを棄てて都へ去ってから間もなく、この栗毛の牡馬《おすうま》は図太い驢馬の性質に変り、打たなければ決して歩まぬ木馬の振りをしたり、事更《ことさら》に跛《びっこ》を引いたりするような愚物になってしまった、実に不可解な出来事である、今日謀らずも私を見出して再び以前のゼーロンに立ち返りでもしたら幸いであるが！　との事であった。

「立ち返るとも立ち返るとも、僕のゼーロンだもの。」

私は寧《むし》ろ得意と、計り知れない親密さを抱いて揚々と手綱を執った。

「一日でも彼奴の姿を見ずに済むかと思えば却って幸せだ。」

主は私の背後からゼーロンを罵《ののし》った。私は、私の比《たぐ》いなきペットの耳を両手で覆わずには居られなかった。――ゼーロンの蹄の音は私の帰来を悦んでいるが如くに朗らかに鳴った。私の背中では、薄ら重い荷がそれに伴れて快く踊っていた。ゼーロンのお蔭で私は、苦もなく竜巻村へ行き着けるであろうと悦んだ。――これまで水車小屋の主は、経川の作品を売却する使いを再参自ら申出て、街へ赴くとそれを抵当にして彼方此方の茶屋や酒場で遊蕩《ゆうとう》に耽っては、経川に面目を潰すのが例だったが、相変らず左様なことに身を持ち崩していると見える。今日も私が、経川の作品を持参したというと、小踊りしながら袋の中を覗き込んだが、期待に外れて非常に落胆した。

「お前の主が経川の作品を携えて街へ行く時には、お前は何時でも木馬になってやるが好い、跛を引いて振り落としてやっても関わないさ。」

私は小気味好さを覚えながらゼーロンに向ってそんな耳打ちをした。

ところが僅か二里ばかりの堤を溯った頃になると、ゼーロンの跛は次第に露骨の度を増して稍々《やや》ともすると危うく私に私の舌を噛ませようとしたり、転落を怖れる私をその鬣《たてがみ》に獅噛《しが》みつかせたりするというような怖ろしい状態になって来た。そして道端の青草を見出すと、乗手の存在も忘れて草を喰み、何んなに私が苛立っても素知らぬ風を示すに至った。

私は、訝《いぶか》しく首を傾け悲しみに溢れた喉を振り搾って、

「ゼーロン!」と叫んだ。「お前は僕を忘れたのか。一年前の春……河畔の猫柳の芽がふくらみ、あの村境いの――」

私は一羽の鳶が螺旋を描きながら舞いあがっている遥かの鎮守の森の傍らに眺められる黒い門の家を指差して、同じ方角にゼーロンの首を持ちあげて、

「業欲者の屋敷では桃の花が盛りであった頃に、お前に送られて都に登ったピエル・フォンの吟遊詩人《ジャグラア》だよ。」と顔と顔とを改めて突き合せながら唸ったが、私の腕の力がゆるむと同時に直ぐ首垂《うなだ》れて草を喰み続けるだけであった。黒い門は私の縁家先の屋敷で私は屡々ゼーロンを駆ってそこへ攻め寄せた事があるので、斯う云って彼方を指差したならばさすがの驢馬も往時の花やかな夢を思い出して息を吹き返すであろうと考えたが無駄になった。私は、その洞《うつ》ろな耳腔《みみ》に諄々《じゅんじゅん》と囁くことで驢馬の記憶を呼び醒そうとした。

「ゼーロン。お前は、業欲者の酒倉を襲って酒樽を奪掠する此の泥棒詩人の、ブセハラスではなかったか！ あの時のようにもう一度この鬣を振りあげて駆け出して呉れ。これでも思い出せぬと云うならば、そうだ、ではあの頃の歌を歌おうよ。僕が、この Ballad を歌うとお前は歌の緩急の度に合わせて、速くも緩やかにも自由に脚並みをそろえたではないか。」

杯に触れなば思い起せよ、かつて、そは、King Hiero の宴にて、森蔭深き城砦の、いと古びたる円卓子に、将士あまた招かれにし——私は、悲しみを怺《こら》えて爽快気な見得を切りながら古い自作の「新キャンタベリイ」と題する Ballad《うまおいうた》を、六脚韻を踏んだアイオン調で朗吟しはじめたが一向利目《ききめ》がなかった。

「五月の朝まだきに、一片の花やかなる雲を追って、この愚かなアルキメデスの後輩にユレーカ！ を叫ばしめたお前は、僕のペガサスではなかったか！ 全能の愛のために、意志の上に作用する善美のために、苦悶の陶酔の裡に真理の花を探し索《もと》めんがために、エピクテート学校の体育場へ馳せ参ずるスト

ア学生の、お前は勇敢なロシナンテではなかったか！」

私は鞍《くら》を叩きながら、将士皆な盃と剣を挙げて王に誓いたり、吾こそ王の冠の、失われたる宝石を……と、歌い続けて拳を振り廻したが頑強な驢馬はビクともしなかった。

私は鞍から飛び降りると、今度は満身の力を両腕にこめて、ボルガの舟人に似た身構えで有無なく手綱を曳哉《えいや》と引っ張ったが、意志に添わぬ馬の力に人間の腕力なんて及ぶべくもなかった。単に私の脚が滑って、厭というほど私は額を地面に打ちつけたに過ぎなかった。私は、ぽろぽろと涙を流しながら再び鞍に戻ると、

「あの頃のお前は村の居酒屋で生気を失っている僕を――」と殊更にその通りの思い入れで、ぐったりとして、恰も人間に物言うが如くさめざめと親愛の情を含めて、

「ちゃんとこの背中に乗せて、深夜の道を手綱を執る者もなくとも、僕の住家まで送り届けてくれた親切なゼーロンであったじゃないかね！」と搔《か》きくどきながら、おお、酔いたりけりな、星あかりの道に酔い痴《し》れて、館へ帰る戦人《もののふ》の、まぼろしの憂いを誰《たれ》ぞ知る、行けルージャの女子達……私はホメロス調の緩急韻で歌ったが、ゼーロンは飽くまでも腑抜《ふぬ》けたように白々しく埒もない有様であった。鈍重な眼蓋《まぶた》を物憂気に伏せたまま、眼《ま》ばたきもせず真実馬耳東風に素知らぬ姿を保ち続けるのみだった。そして、翅音《はねおと》をたてて舞っている眼の先の虻《あぶ》を眺めていたが、不図其奴が鼻の先に止まろうとすると、此の永遠の木馬は、矢庭《やにわ》に怖ろしい胴震いを挙げて後の二脚をもって激しく地面を蹴り、死物狂いであるかのような恐怖の叫びを挙げた。私も、思わず彼のに追従した悲鳴を挙げて、その首根に蛙のように齧《かじ》りつかずには居られなかった。凡そ以前のゼーロンには見出すことの出来なかった驚くべき臆病さであ

る。

　これにはじめて勢いを得たゼーロンは、野花のさかんな河堤をまっしぐらに駆け出したのである。私は、この時とばかりに努めて、口笛と交互に緩急な Ballad を鞭にして、「こわれかかった車」のスピードを操った。ゼーロンの脚さばきは跛であったから駆ければ駆ける程乱雑な野蛮な音響を巻き起し、口《く》腔《ち》をだらしもなく虚空に向けて歯をむき出し、二つの鼻腔から吐き出す太い二本の煙の棒で澄明な陽光《ひかり》を粉砕した。私は、斯んな物音ばかり凄まじいボロ汽関車を操縦して、行手の嶮《けわ》しい山径《やまみち》を越えなければならないかと思うと、急に背中の荷物が重味を増して来て、稍々ともすると壮重な華麗な声調を要する筈の唱歌が震えて絶え入りそうになったが、そんな気配を悟られてまたもやゼーロンの気勢がくじけたら一大事だと憂えたから、血を吐く思いの悲壮な喉を搾りあげて、魔の住む沼も茨の径も、吾が往く駒の蹄に蹴られ……と、乱脈なヒクソスの進軍歌を喚きたてながら、吾と吾が胸を滅多打ちの銅鑼《どら》と掻き鳴らす乱痴気騒ぎの風を巻き起して此処を先途と突進した。何故なら私は、或る理由で何んな村人に出遇っても具合の悪い状態であったから、本来ならば最も速やかな風になってここらあたりは駆け抜けてしまわなければならなかったのである。それ故塚田村でもその村道を選べば斯んな河原づたいをするよりは倍も近道であったが、余儀なく彼方の鎮守の森を左手に畦道を伝って大迂回をしながら凡そ一里に近い弧を描いた。そして次の猪鼻村《いのはな》を目指しているのであった。私は彼方此方の段々畑や野良の中で立働いている人々が、この騒ぎに顔を挙げようとするのを惧れて、人々の点在の有無に従って、交互に慌しく己れの上体を米つきバッタのようにゼーロンの鬣の蔭に翻しながら尊大な歌を続けて冷汗を搾った。この不規則に激烈な運動に伴れて背中の荷物は思わず跳ねあがって私の後頭部にゴツンと突き当ったり、背骨一杯を息も止まれと云わんばかりにハタきつけたりしたが私は、やがて到達すべきピエル・フォンの「森蔭深き城砦の」饗宴の卓を眼蓋の裏に描きながら、この猛烈な苦悶に殉じた。

漸《ようや》くの思いで塚田村を無事に通り越すと、今度は、丘というよりは寧ろ小山と称《い》うべき段々の麦畑が積み重って行く坂を登って、猪鼻村に降りるのである。私は、鬣の中に顔を埋めてその凸凹《でこぼこ》の激しいジグザグの坂を登りながら、跛馬は平坦な道よりも寧ろ坂道の方が乗手に気楽を感ぜしめるという一事実を見出したりなどした。丘の頂きに達すると眼下に猪鼻村の景色が一望の下に見降せるが私は、この頂きを恰度巨大な擂鉢《すりばち》のふちをたどるように半周して、一気に村の向い側へ飛び越えるつもりであった。――そうすれば、その先は全く人家の止絶えた森や野や谷間の連続で、常人にとっては難所であるが私には寧ろ気軽になる筈だった。然《しか》しそれらの行手の径を想像すると私は最早一刻の猶予も惜まねばならなかった。日は既に中天を遠く離れて、紫色のヤグラ岳の空を薄赤く染めていた。道は未だ半ばにも達していないのだ。私は、懸命にゼーロンを操りながら綱渡りでもしているかのような危い心地で擂鉢のふちをたどりはじめた。先々の道ではどうしてもゼーロンの従順な力を借りなければならぬことを思って私は鞍から降りて成るべく静かな独り歩きを試みせしめた。先に立たせて歩かせてみるとゼーロンの跛足は私に容易ならぬ不安の念を抱かせた。私は水車小屋で貰って来た水筒の酒をゼーロンの口に注ぎ込んだり、蹄鉄を験《しら》べたり、脚部を酒の雫で湿布したりして行手の径のための大事をとった。何故ならこの擂鉢を乗り超えて次の谿谷に差しかかると其処は正しく昼なお暗い森林地帯で、この森深く逃げ込めば大概の悪人は追手の眼をくらませることが出来るという難所である。此処には浮浪者の姿に身を窶《やつ》した盗賊団の穴居が在って、私はその団長で、煙草《シガレット》を喫《ふか》すのにピストルを打ってライターの要にし馴れている拳銃使いの名人と知り合いだったが、私が何の言葉もかけずに都へ立去った由を聞いて彼は憤激のあまり、私を見出し次第、ポンと一発あいつ奴《め》を煙草の代りに喫してやらずには置かないぞ！といき巻いているとの事であったから、私はその怖ろしいライターの筒先に見出されぬ間に此処を横断しなければならない。それにはゼーロンの渾身の駿足が必要だったからである。それでなくともこの森を単独で往行した人物は古来から記録に残された僅少の名前のみである。それにはこの森を深夜に独りで踏み越えた豪胆者として坂田金時や新羅《しんら》三郎の名前が数えられて、今なおその記録を破る冒険者は出現しないと流言されている。通例は森を避けて、猪鼻から、岡見、御岳《みたけ》、飛竜山、唐松《からまつ》、猿山などという部落づたいに竜巻村へ向うのが順当なのであるが、私は既に塚田村で遠回りをしたばかりでなく驢馬事件のために思わぬ道草を喰ってしまった後であるから是非ともこの森を踏み越えなければ途中で日暮に出遇う怖れがあるのだ。縦令《たとい》記録に残って彼等勇敢なる武士《つわもの》と肩を並べる誉《ほまれ》があろうとも、私は夜行には絶対に自信は皆無である。思っただけで身の毛がよだつ――。私は嘗《かつ》て徒党を組んでこの森を横断した経験があるから昼間の道には自信はあるが、我むしゃらに奥へ奥へと踏み込んで滝のある崖側に突き当ると、今度は急に馬鹿馬鹿しく明るい、だが起伏の夥《おびただ》しい芝草に覆われた野原に出る筈だ。暗鬱な森を息を殺して此処に至った時には思わず吻ッとして皆々手を執り合って顔を見合わせたことを覚えている。で、夢見心地でこの広々とした原っぱを通り過ぎると、間もなく物凄い薄《すすき》の大波が蓬々《ほうほう》と生い繁った真に芝居の難所めいた古寺のある荒野に踏み入る筈だ。此処では野火に襲われて無惨な横死を遂げた旅人の話が何件ともなく云い伝えられているが、全くあの荒野で野火に囲まれたならば誰しも往生するのが当然であろう。秋から冬にかけては村々は云うまでもなく森の盗賊団でも火に関する掟が厳重に守られているのは道理だ。

さてこれらの不気味な道を通り越しても更に吾々は休む暇もなく、今度は爪先上りの赤土のとても滑り易い陰気な坂をよじのぼらなければならない。この坂は俗に貧乏坂と称ばれて近在の人々にこの上もなく厭《い》み嫌われている。というのは此の坂に差しかかると懐中《ふところ》の金袋の重味でさえも荷になって投げ棄ててしまいたくなる程の困難な病らわしい急坂だからである。その上このあたりには昼間でも時とすると狐狸《こり》の類いが出没すると云われ、その害を被った惨めな話が無数に流布されている。怖ろしい山径をたどった後に此処に差しかかる頃には誰しも山の陰気に当てられて貧血症に襲われるところから斯る迷信的な挿話が伝っているのだろうが、実際私達にしろこの坂に達した時分になると余程自分ではしっかりしているつもりでも神経が苛々として来て、藪蔭《やぶかげ》で小鳥が羽ばたいても思わず慄然として首を縮め、今時狐などに化されて堪るものかと力みながらも、一般の風習に従って慌てて眉毛を唾で沾《ぬら》さぬ者はなかった。

此処も彼処も私は今日はゼーロンの俊足に頼って一気に乗り超える覚悟で、兼て決心の手綱を引き締めて出発して来たのだが、斯うそれからそれへ、とぼとぼと擂鉢のふちをたどりながら行手の難路に想いを及ぼすと夥しい危惧の念に打たれずには居られなかった。折も折、夜来の雨が今朝晴れて、あたりの風景は水々しいきらびやかさに満ち溢れ、さんらんたる陽《ひかり》は実にも豪華《げ》な翼を空一杯に伸べ拡げてうらうらとまどろんでいるが、それに引きかえ、普段《ただ》でさえ日の眼に当ることなしに不断にじめじめと陰険な渋面をつくって猜疑の眼ばかりを据えているあの憎たらしい坂道は、如何《どん》なにか滑り易い面上に、意地悪な苦笑を湛えながら手ぐすね引いて気の毒な旅人を待ち構えていることだろう!――私は、この坂道と戦うための用意に自分のとゼーロンのと、一束にした草鞋《わらじ》と一歩一歩踏み昇る場合の足場を掘るためのスコップとを鞍の一端に結びつけて来たのであるが、今、それが私の眼の先で、ゼーロンの跛の脚どりに伴れてぶらんぶらんと揺れているのを眺めると胸は鉛のようなもので一杯になってしまった。

私はギヤマン模様のように澄明な猪鼻村のパノラマを遠く脚下に横眼で見降しながら努めて呑気そうに馬追唄を歌って行った。村の家々から立ち昇る煙が、おしめども春のかぎりの今日の日の夕暮にさえなりにけるかな——と云いたげな古歌《うた》の風情で陽炎と見境いもつかず棚引き渡っていた。夕暮までには未だ余程の間がある。斯んなところで夕暮になったら大事だ——だが私は、霞むともなくうらうらと晴れ渡った長閑《のどか》な村の景色を眺めると思わず陶然として、声高らかに左様な歌を節も悠やかに朗詠した。そして更に眼を凝して眺めると村道を歩いて行く人達の、おおあれは何処の誰だ——ということまでがはっきりと解った。枯草を積んで村境いの橋を渡って行く馬車は、経川の「木兎」を買収した牧場主の若者だ。

「彼奴に悟られては面倒だぞ！」

私は呟いて帽子の前《ひさし》を深くした。私は、その「木兎」を単に観賞の理由で彼から借り受けて置いたところが、同居のRという文科大学生が秘かに持出して街のカフェーに遊興費の代償に差押えられている。彼は私を見出し次第責任を問うて私の胸倉を執るに相違ないのだ。公孫樹《いちょう》のある地主の家では井戸換えの模様らしく、一団の人々が庭先に集って目眩《まぶ》しく立働いているさまが見える。この一団に気付かれたら、矢っ張り私は追跡されるであろう、何故なら地主の家で買収した経川の「鶏」を、私は森の拳銃《ピストル》使いの手先きとなって盗み出したことがある。「鶏」の行衛に関してはその後私は知らなかったが、地主の一党は私に依ってそれの緒口をつかもうとして私の在所《ありか》を隈《くま》なく諸方に索《もと》めているそうだ。——また遥か左手の社の門前にある居酒屋の方へ眼を転じると、亭主が往来の人をとらえて何か切りと激した身振りで憤激の煙を挙げているらしい。彼は実に気短かな男で、経川と私が少しばかり酒代の負債が出来たところが、いつかその支払命令に山を越えてアトリエにやって来た時丁度経川の労作の「マキノ氏像」が完成して二人でそれを眺めていると、

「馬鹿にしている、こんなものをつくりあがって!」と私達を罵り、思わず癇癪の拳を振りあげてこのブロンズ像の頭を擲《なぐ》りつけて、突き指の災《やく》に遇い、久しい間吊り腕をしていたことがある。今日も人をとらえて私達の無責任を吹聴しているのだろう。

——「おやッ井戸換えの連中が此方を見上げて何か囁き合っているぞ!」

私はギョッとして、慌てて顔を反対の山の方へ反向けた。漸く、あの森が、丘の下に沼のように見えるあたりまで来ていた。幽婉縹渺《ゆうえんひょうびょう》として底知れぬ観である——不図耳を澄ますと、森の底から時折銃声が聞えた。二三発続け打ちにして、稍々暫く経つと、また鳴る。

私は更に不気味に胸を打たれた。あの団長の喫煙ではないかしら? と思われたからである。理由《わけ》を知らぬ村人は猟師の鉄砲の音と思っているが、私は知っている——あの団長は斯様な好天気の日には却って身を持ち扱って、無闇に煙草を喫す習慣である、そんな時には彼は非常に神経質な喫煙家になって、一発で点火しないと、わけもない亢奮に腕が震えて不思議な苛立ちに駆られるのであった。彼は、一発の下に点火しない煙草は、不吉と称して悉く踏みにじってしまうのである。彼は、それでその日の

運命を自ら占うのだという御幣《ごへい》をかついでいる。だから最初の一発がうまく点火すると彼は非常な好気嫌となるが、手もとが狂いはじめたとなると制限がなくなる。ガミガミと途方もなく苛立って続けざまに発砲するのだが、疳癪を起せば起すほど腕が震えて埒があかず、終いには人畜を害《そこ》ねなければ溜飲が下らなくなってしまうという始末の悪い迷信的潔癖性に富んでいた。

未だそれと判明したわけではなかったが、なおも切りに鳴りつづけている「ライタアの音」に注意を向けると私は脚がすくみそうになった。余猶さえあれば此処で私は、彼の発火管が種切れになって何時ものように彼がふて寝をしてしまうであろう頃合を待って、森に踏み入るのであったが、容易に発砲の音は絶えなかった。この上此処らでまごまごしていれば村の連中に捕縛される恐れがあるばかりでなく、最も怖ろしい夕暮に迫られる危険がある。——彼は人畜に重傷を負わせる程獰猛《どうもう》ではないが、奇妙な狙いをもって、その身近くの空気を打って、逃げまどう標的の狼狽する有様を見物するのが道楽である。おそらく私を見出したならば彼は会心の微笑を洩して最も残酷な嬲《なぶ》り打ちを浴せ、跳ねては転びしながら逃げ回るであろう私達の悲惨な姿を現出させて鬱屈を晴すに違いない。この臆病な驢馬を御し、この稀大な重荷を背《せお》って私は、あのライタアの火蓋に身を翻す光景を想像すると、もう額からは冷いあぶら汗が滲み出した。地獄の業火に焦《やか》るる責苦に相違なかった。私の脚には忽《たちま》ち重い鎖がつながれてしまった。私は擂鉢のふちで、何方を向いても真に進退此処に極まったの感であった。私は、然し、勇を鼓して、もう一度悠やかに、おしめども今日をかぎりの——と歌って、馬を追いやろうとしたが、徒らに口腔《くち》ばかりが歌のかたちに開閉するばかりで決してそれに音声が伴わないではないか。

その時であった、ゼーロンが再び頑強な驢馬に化して立ちすくんでしまったのは——。ワーッ！

と私は、絶体絶命の悲鳴を挙げて、夢中でゼーロンの尻っぺたを力まかせに擲りつけた。

と彼は、面白そうにピョンピョンと跳ねて、ものの十間ばかり先へ行って、再び木馬になっている。恰で私を嘲弄《ちょうろう》している見たいな恰好で、ぼんやり此方を振り返ったりしているのだ。

「これだな！」

と私は唸った。「水車小屋の主が、彼奴は打たなければ歩かぬ驢馬となった！　と嘆いたのは――」

私は追いすがると同時に、鞭を棄てて来たのを後悔しながら、右腕を棍棒に擬して力一杯のスウィングを浴せた。

「そうだ、その意気だよ、もっと力を込めてやって御覧！」

ゼーロンはそんな調子で、躍り出すと、行手の松の木の傍まで進んで、また振り返っている。丁度、加えられた痛痒《つうよう》が消え去ると同時に立ち止まるという風であった。――私は、こんな聞き分けを忘れた畜生に、以前の親愛を持って、追憶の歌を鞭にしていたことなどを思い出すと無性に肚が立って、

「馬鹿！」

と叫びながら、再び追いつくと、私はもう息も絶え絶えの姿であったが、阿修羅になって、左右の腕で処関わず張りたおした。

ゼーロンの蹄は、浮かれたように石ころを蹴って、また少しの先まで進んだ。

「地獄の驢馬奴！」

私は罵った。もう両腕は全然感覚を失って、肩からぶら下がっている鉛筆のように能なくなっていた。私は地に這って、憎いゼーロンに追いつこうとした、余りの憤激でもう足腰が立たなかったから――。

すると、その時、猪鼻村の方角から、にわかに気たたましい半鐘の音が捲き起った。

「やあ！　奴等は遂々俺の姿を発見して、動員の鐘を打ちはじめたぞ！」

半鐘の音は物凄い唸りをひいて山々に反響し、擂鉢の底にとぐろを巻きながら、虚空に向って濛々《もうもう》と訴えている。――私は、眼を閉じて、ふるえる掌に石をつかんだ。私は、唇を噛み、

「このゴリアテの馬奴！」

と怒号すると同時に、憐れな右腕を風車のように回転して、コントロールをつけると、ダビデがガテのゴリアテを殺した投石具《スリング》もどきの勢いで、発止と、ゼーロンを目がけて投げつけた石は、この必死の一投のねらい違《たが》わず、ゼーロンの臀部《でんぶ》に、目醒しいデッドボールとなった。

ゼーロンは後脚で空気を蹴って飛び出した。続け打ちにして、駆け抜けてしまわなければならない。私は重荷に圧《お》しつぶされそうにパクパクと四ツん這いになったまま、全速力で追い縋ると、もう次第に脚並みをゆるめはじめたゼーロンの頤の下にくぐり抜けていきなり、えいッ！　という掛け声と一処に、飛鳥の早業《はやわざ》で跳ねあがるや、昔、大力サムソンが驢馬の顎骨を引き抜いた要領に端を発する模範的アッパー・カットの一撃を喰わした。惜しい哉、それは、ゼーロンが首を半鐘の方に振り向けた瞬間で、私の拳は空しく空を突きあげてしまった。余勢を喰って私は、あざみの花の中にもんどりを打った。然しひるまず私は息も突かずに跳びあがると、昔、シャムガルが牛を殺した直突の腕を、ゼーロンの脇腹目がけて突きとおした。ゼーロンは、歯をむき出していななくと、ハードルを跳び超すみたいな駆け方でピョンピョンと波型に飛び出した。私は地をすって行く手綱を拾うと同時に、二三間の距離を曳きずられながら走った後に綺麗に鞍の上に飛び乗った。そして、突撃の陣太鼓のように乱脈にその腹を蹴

り、甕に武者振りついて、進め、進め……と連呼した。

漸くゼーロンも必死となった如く、更に高《ハイ》ハードルを跳び越える通りな格構で、弓なりに擂鉢のふちを駆け続けて、いよいよ降り坂の出口にさしかかった。——振り返ってみると村の半鐘は出火の合図だったのである。地主の納屋のあたりに火の手があがって、旗を先頭におしたてた諸方の消防隊が手おしポンプを曳いて、八方から寄り集ろうとしている最中だった。ラッパが鳴る。喚き声が聞えて来る。折悪く井戸換の最中だったので、水が使えないので、火消隊の面々は非常に狼狽して、畦道の小川までホースを伸ばそうとしているらしい。一隊の所有するホースでは長さが不足して、小頭らしい一員が火の見の梯子を昇って行くと、帽子を振りながら遠方の一隊に向って、

「ホース……ホース……」と叫んでいるのが聞えた。火の手は納屋から母屋に攻め寄せたらしく、煙が暫《しば》し空に絶えたかと思うと、間もなく真白になって軒の間からむくむくとふき出した。

「ホース……ホース……ゼーロン……」

梯子の男の声が不図左う私に聞えた。見るともう、ホースは畦道の小川まで伸びて、それに綱引きのように人がたかっている。そして間もなく細い水煙が軒先を目がけて、ほとばしっていた。ポンプをおる決死の隊員の掛声が響いて来た。

「俺に応援に来いとでも云うのかしら?」

……「おうい、ゼーロンの乗手……此方を向いて呉れ、頼みがあるぞ!」

と聞えた。私は、甕の中に顔を伏せながら薄眼で、そっちを覗いた。——よくよく見ると、梯子の男は、森の、あの喫煙家だった。巧みに消防隊の一員に身を窶《やつ》している。そして、彼は半鐘打ちに代っ

て、鐘を叩いているが、人々は消防に熱中しているので、その鐘の打ち方が、彼が輩下の者と連絡をとるための暗号法に依っているのに気づこうともしない。

鐘の合間を見ては彼は、切りと腕を振って私を呼んでいる。また、電報式に叩く鐘の暗号法を判断すると、それは私に、好くお前は帰って来たな、俺はこの頃大変寂しく暮しているから、これを機会にしてもう一辺仲間になって呉れ、先ず今日の獲物を山分けにしようぜ——と通信しているのであった。「鎧《よろい》をとり戻したぞ」と彼は告げた。それはある負債の代償に私が地主の家に預けた私の祖先の遺物である。私の老母は、私が斯様なものまで飲酒のために他人手《ひとで》に渡したことを知って、私に切腹を迫っている。私が若しこの宝物を取り戻して帰宅したならば、永年の勘当を許すという書を寄せている。半鐘は更に、

「空腹を抱えて詩をつくる愚を止めよ。」

と促した。

私は、あの緋縅《ひおどし》の鎧を着て生家に凱旋する様の誘惑にも駆られたが、あの、ぎょろりと丸く視張ってはいるものの凡そ何処にも見当のつかぬというような間抜けな風情の眼と、唇を心持筒型にして苦さを見せた趣が、反って観る者の胸に滑稽感を誘うかのような、大きな鹿爪《しかつめ》らしい武悪面に違いない私の父の肖像画の懸《かか》っている、あの薄暗い書斎に帰って、呪われた坐禅を組むことを思うと暗澹とした。父親の姿に接する時程私は陰気な虚無感に誘われる時はない。私は屢々その肖像画を破棄しようと謀《はか》って、未だに果し得ないのであるが、やがては屹度《きっと》決行するつもりでいる。——詩は、饑餓に面した明朗な野からより他に私には生れぬ。

「お前の、その背中の重荷の売却法を教えてやろうよ。」

と半鐘は信号した。

「それは？」

私は思わず、眼を視張って、賛意の動いた趣きをコリント式の体操信号法に従って反問した。

「生家に売れ、Ｒ・マキノの像として——。寸分違《たが》わぬから疑う者はなかろう。」

Ｒというのは十年も前に亡くなったあの肖像画の当人である。私の放浪も十年目である。

「なるほど！」

名案だ！　と私は気づいたが、同時に得も云われぬ怖ろしい因果の稲妻に打たれて、私はおそらく自分のと間違えたのであろう、ゼーロンの耳を力一杯つかんだ。そして鞍から転落した。

「走れ！」

と私は叫んだ。

私は、ゼーロンの臀部を敵に激烈な必死の拳闘を続けて、降り坂に差しかかった。驢馬の尻尾は水車《みずぐるま》のしぶきのように私の顔に降りかかった。その隙間からチラチラと行手を眺めると、国境の大山脈は真紫に冴えて、ヤグラ岳の頂きが僅かに茜色に光っていた。山裾一面の森は森閑として、もう薄暗く、突き飛ばされる毎にバッタのように驚いてハードル跳びを続けて行く奇態な跛馬と、その残酷な御者との直下《ました》の眼下から深潭《しんたん》のように広漠とした夢魔を堪えていた。——背中の像が生を得て、そしてまた、あの肖像画の主が空に抜け出て、沼を渡り、山へ飛び、翻っては私の腕を執り、ゼーロンが後脚で立ち上り——宙に舞い、霞みを喰《くら》いながら、変梃《へんてこ》な身振りで面白そうにロココ風の「四人組の踊り《カドリール》」を踊っていた。綺麗な眺めだ！　と思って私は震えながら壮厳な景色に見惚《みと》れた。

半鐘が微《かす》かに聞えていたが、もう意味の判別はつかなかった。然しそれは私達のカドリールの絶えざる伴奏になっていた。

「こいつは――」

不図私は吾にかえって、背中の重荷を、子守りがするように急にゆすりあげながら呟いた。――「鬼涙沼の底へ投げ込んでしまうより他に手段《てだて》はないぞ。」

絶え間もない突撃をゼーロンの臀部に加えながら、沼の底に似た森にさしかかった。樹々の梢が水底の藻に見え、「水面」を仰ぐと塒《ねぐら》へ帰る鳥の群が魚に見え、ゼーロンにも私にも鰓《えら》があるらしかった。――それにしても重荷のために背中の皮膚が破れて、ビリビリと焼かるるように水がしみる！　血でも流れていはしないか？　と私は思った。

（附記――経川槙雄作「マキノ氏像」は現在相州足柄上郡塚原村古屋佐太郎の所蔵に任してある。彼の従来の作品目録中の代表作の由であり、彼自身は最早ブロンズにさえなっていれば沼の底へ保存さるるも厭《いと》わぬと云っていたが、友人達の発企で斯く保存さることとなり、希望者の観覧には随時提供されている。一九二九年度の日本美術院の目録を開けば写真も掲載されている由である。経川は今年ゼーロンの像を「ゼーロン」と題して作成中とのことである。私は身軽な極めて貧しい放浪生活に在る。）

バラルダ物語

俺は見た
痛手を負える一頭の野鹿が
オリオーンの槍に追われて
薄明《うすあけ》の山頂《みね》を走れるを
——ああ　されど
古人《いにしえびと》の嘆きのままに
影の猟人なり
影の野獣なり

日照りつづきで小川の水嵩が——その夕暮時に、この二三日来の水車《みずぐるま》の空回りを憂えたあまり、蠟燭のようにめっきりと耄碌してしまった私と此の水車小屋の主人であるところの雪太郎と、ふるえる腕を堪えて水底深く水深計を立てて見ると、朝に比べて更に五寸強の減水であった。——私は、風穴に吸い込まれるような心細い悪寒を覚えながら、水面に首垂れて深い吐息を衝くと、不図自分の顔が、青空を浮べた水鏡の中にはっきりと映っていた。いつもいつも上手《かみて》の年古りた柳の影で、不断に轟々然たる物凄まじい響きを挙げて回り続けている水車であったから、このあたりの流れは白く泡立ち煮えくり返っているすがたで、ものの影が映るなどとは思いも寄らぬのに——嗚呼、そこには私と雪太郎の上半身が微風《そよかぜ》の気合いも知らずに、あざやかに生息している。きょとんとして、水面を見あげている。まさしく二体のニッケルマン（河童）に違いなかった。で、私は、もの珍らし気に、ものの怪《け》の顔つきを見定めてやろうと思って、呑めるまで程近く水面に顔をおしつけて凝っと閻魔の眼《まなこ》を視張った途端に、キラキラキラと突然水鏡が砕け散った。

柳の影を振り返って見ると、水面と殆んどすれすれになっている水車が、乾いた喉に泉の雫を享けたように、物狂おしく廻転を貪りはじめていた。

私と雪太郎は、汀の葦の中にどっかりと胡坐をして、思わずそろった動作で鉄の棒を持ちあげるほどの重々しい思いで徐ろに腕組をすると、黙々として胸を張った。

柳の木の間から真向きにあたる川上の、恰度流れが悠やかに曲ろうとしているところに水門が構えている。――見ると、水門の両端に二人の男が馬乗りになって、此方を向いて腕を挙げながら切《しき》りと何か喚いていたが、水車の音にさえぎられて一向に声はとどかなかった。その腕の振り動かし具合は、見えざる敵の剣に、今や見事な巻き落し《ヴォレイ》を喰わして馬上ゆたかに快哉の叫びを挙げている颯爽たる騎士の姿に私の眼に映ったりした。二人の人物は雪太郎の父上である雪五郎と弟の雪二郎である。二人は、終日、水門の両端に相向い合って、水を溜めては堰を切り、流してはまた門を閉じて水を溜める仕事に没頭しているのである。雪五郎は八十歳に近い年輩であったが、楽々と斯る労働に堪え得る程の健康の持主である。私も一度、試みに水門番にたずさわって見たこともあるが、いざ堰を切る段になって閂を引き、把手を肩にして満身の力を持って開門しようとしても、曳哉曳哉と叫ぶ掛声ばかりが水車の騒ぎよりも壮烈に鳴り渡るばかりで、打とうが叩かうが、それは私にとっては永遠に開かずの扉であった。加けに私は空力があまって肩を滑らし、あわやと云う間もなく真っさかさまに水中目がけて不慮のダイビングを試み、危うく溺死しかかったところを雪五郎に救助された。毎晩毎晩雪五郎父子と共に囲炉裡のまわりに集って私も盃を執りあげるのであるが、さまざまな債権者がおし寄せて来て彼等はもう私達の平身叩頭の詫びも聞き倦きて、明日にもこの古呆けた水車小屋を乗っとろうとする勢いであった。

「雨が降りさえすれば、忽ち車は回り出すんでございます。どうぞ、それまでお待ち下さい。今、その俵を持って行かれては、今夜にでも恵みの雨が降り出して、いざ車が回りはじめたとしても、それこそ私どもの臼は空っぽのままで、杵に打たれて割れてしまうより他に道はございません。」

雪太郎が、畳に頭をすりつけて涙ながらに誑言を述べると、私たちのまわりに車がかりの陣立でぐりと勢ぞろいをしているむくむくとむくれあがった雷共の中から、中でも獰猛な地主のアービスが腕まくりをしながらすすみ出たかとおもうと、いきなり物をも云わず拳骨玉を振りあげて雪太郎の頭をぽかりとなぐった。そして、役者のしぐさよりも役者らしく真に迫った怖ろしい憎みの見得を切って、

「えい、この空っぽの臼頭奴が――「こばから皆な杵に打たれて死んでしまやがれッ。」

とほき出した。――

それに続いてアービスの従者のアヌビスが、自慢のねじくれ腕を、ぬっと、今度は、父親の雪五郎の鼻の先に突きつけて、

「金が返せないというんなら、うちの若旦那の御所望通りに、うぬの娘をお妾奉公に出すが好いや。何も奉公に出したからと云って、とって喰おうと云うんじゃない。斯んなぶっつぶれ小屋で、喰うや喰わずの暮しをしている貧乏娘が、俺らのうちの若旦那のお情けを蒙るなんて、夢にもない大した出世じゃねえか、そんな妙佳も知らずに、一体娘は何処にかくしてしまやがったんだい。やい、やい、やい、さあ、ぬかせ、娘の在所《ありか》を云やあがれえ。俺達一同は、手前達のぺこぺこお辞儀の体操を見物に来たんじゃ

ないぞや――やい、この米搗きばったの老ぼれ野郎奴！」

と、まことに（立板に水を流すように）ぺらぺらとまくし立てるのであった。私は、立板に水を流すよう――という形容詞に不図出遇うと、何とまあ見る間に、小川の流れがさんさんと水嵩を増して節も長閑に水車が回りはじめた光景が、ありありと眼の先へ浮びあがって、胸が一杯になった。思わず私は、眼を閉じて有り難い光景にふらふらと迷い込もうとした途端に、

「そっちの隅の大先生！」

と呼び醒された。見ると、それは米俵に大股をひろげてふんぞり反っている鼻曲りのガラドウである。奴は泥棒である。昼間は、地味なネクタイなどを結び、胸にはさんらんたる金鎖を輝やかせて町の銀行で接待係などという紳士的な業務にたづさわっている癖に、夜になると、云わば昼間のつけ鬚はかなぐり棄てて狐の性に反って不思議な活躍に躍り出すのだ。現に私の或る彼の性と似通った叔父貴と共謀して、私の死んだ父親が、愚かであればあるほどいとしい私の行末の生活を案じた上に数百町歩に渡るものの見事な蜜柑山を遺しておいたのを、私の老母をたぶらかして「私」の印形を手込めにして「負債証書」を捏造したとかという話だ。私は、断じて、そんな「山」などというものの所有権に関心は持たぬのであるが、秋口から冬にかけてこの竜巻村の三方をとり囲む蜜柑山の壮麗な色彩りを見渡して野遊びの快を貪る日などに、番小屋の窓から叔父やガラドウが大きな眼を視張って、蜜柑泥棒の監視をしている姿を見ると、慌てて踵を回さずには居られなくなるのであった。私は彼等の物慾を卑しむわけではなかったが、その一味に肉親の者が加わっているのを知ってしまった事に鬱陶しさを覚ゆるのであった。――ところで、このガラドウは、そんな類いの所業が寧ろ仕事であって、今では、山を越えた隣

り町に住む私の叔父の屋敷つづきの桃林の中にバンガロウ式の館を建てて、美しい妾を囲っている。それは余談であるから説明を元に返すが、ガラドウというのは私が与えた仇名であって、つまり狐頭の化物の意味である。本来の和名は――此処に述べる要もないが桐渡鐐之助を、自ら最近、鐐通と改めている。理由は解らぬのだが、私も考えたこともないが、姓名判断に従った由である。それと同じく、地主のアービスは牛頭、従者のアヌビスは犬頭――共に私の命じた名前である。

「ねえ、先生。」

桐渡ガラドウは、そう繰り返しながら、自分の眼の方が米俵に腰掛けているのだから、雪五郎の隣りに坐っている私のよりは、はっきりと上段に据っているのに、その視線をぐねりと波型にしゃくりあげて、逆に、下から上へ私の頤をおしあげるように見あげるのであった。私が彼に、鼻曲りという形容詞を冠したのは、彼の野蛮な皮肉味を抽象的に指さしたのであって、実物の彼の鼻は、いつも私に昔噺の中にある業慾者の鼻にぶらさがったというソーセージを想像させる態の、赤味の滲んだ肉附き豊かな、何とも憎たらしいごろん棒であって、決して曲っているというわけ合いではない。大先生とか、先生とか、何うかすると博士さん――などと彼は私を呼ぶので、もうせんには私は、真実彼が私を尊敬して斯く称ぶのかと思い、うつらうつらとして一処に茶屋酒を飲んだり、色紙を書いて贈呈したり、また、印判を証書見たいなものに捺したり、したこともあったが、それは未だ私が彼にガラドウなどという仇名を付けぬ時分で、彼が屢々口にする通りに私の親友だと思っていたのだが、或時彼が、

「この判さえ捺させてしまえば此方のものだ。――薄のろ野郎奴が、好い気になって斯んなものを書きやあがって……」

そう嘲笑して、私の蔭で折角不得意の筆を執って私が揮毫したところの、愛唱歌であるから何時でも私は空で覚えているのだが、ちぎれちぎれに雲まよう、夕べの空に星一つ、光りはいまだ浅けれど、想い深しや空の海、ああカルデヤの牧人が、汝《なれ》を見しより四千年、光りは永久《とわ》に若くして、世はかくまでに老いしかな……云々以下三聯《スタンザ》から成るゲルマン族の牧歌を、奴は、滅茶苦茶にひっちゃぶいて、マメイドという私が好意を寄せている居酒屋の娘の頭に雪と散らした。その由を私はマメイドから聞いて、非常に自尊心を傷けられた。また彼は、マメイドに向って、彼が私を目して、三通りの尊称を使うのは、「大馬鹿先生」――「自惚博士さん」――「貧棒の大先生」という意味なのだ――。

「それを知らないで、好い気になって小鼻をふくらませている格構と云ったら……」

そんなことを云って、ひとりで腹を抱えてゲラゲラと笑いころげた――。

「先生、あたしは、ふんとに口惜しかったわ、先生とあたしと仲が好いことを、あいつと来たら飛んでもない風に思い違えて、あんな博士とは喧嘩をしてしまえ、そして、俺と好い仲になろうではないか――だって！」

河原で摘んだ花束を携えて私を訪れたマメイドが、悲しみに首垂れながらそのようなことを伝えたことがある。それに違いない、好意を持っていると云っても私がマメイドに寄せているそれは恋情沙汰ではない。この家の雪太郎は私と同年輩の三十余歳であるが、親想い、兄弟想いの律義者で、営々としてこの水車小屋の経営に没頭し通しで、未だに妻も持たなかった。私は、もう少し、この水車《すいしゃ》が順調となったならば、是非とも彼とマメイドとを夫婦にさせてやりたいものだ――と希うている、二人とも行末長く私の友達として苦楽を共にするに適わしい人物である――左う云う意味の好意なのだ。また、雪太郎父子は、見るかげもなく落ぶれ果てた私が妻を引き伴れて、もう長い間この家の二階に籠居しているのだが、恰も私を代官のように尊敬して、下にも置かぬもてなしである。いわれと云えば、昔、私の先々代の田畑がこのあたりにあり、その米を雪五郎がこの水車《みずぐるま》で搗いたというだけの話で、寧ろ私方が憎まるべき不労所得の搾取階級に違いなかったのだろうが、そんなものの子孫を未だに有りがたがって、私が町のあばら屋で寒さに震えているということを聞くがいなや、米運びの馬車に赤毛布の座席をつくって、鞭をならしてはるばると駆けつけたのである。以来私は、夫婦仲睦じく、この家に起居をつづけていたのであるが、雪五郎の娘のお雪を襲うアヌビス共の鋒先が日増に猛々しい火花を散らして乱入して来るというまことに容易ならぬ状態に陥ったので、私達、男四人が一夜炉端に額をあつめて、よりより会議をこらした揚句、ひとまず難を、ここから流れに添うて五里の山径をさかのぼった唐松という部落へ避けしめたのである。唐松村は四方を嶮しい山にとり囲まれた明るい盆地の村で、気候温暖、産物に恵まれ、五十戸からなる大よその民家は酒造りの業を本業として、且また村人はこぞって神楽用の仮面《めん》つくりの腕に長《た》け、春秋二季の祭りの季節となれば、自ら達が俳優となり、いとも原始的な仮面野外劇《ページェント》の団隊をつくって村から村を打ってまわるという習性を持っていた。彼等の演劇に寄せる近郷近在の人気は、遠く西方の国のかのオルベルアムメルゴウ村の聖劇にあつまる世界各国の讃美の声の有様を眼のあたりに見るが如き概があった。唐松村は、世にも稀なる平和の里であった。国はじまって何千年、かつて、あらゆる戦乱のいささかの翼もこの村の空には夢ほどの影を落した験しもなかった。それ故、さすがのアヌビス共であろうとも、唐松村ときいたならば二のあしを踏んで往生するであろう――と私達は一決したのであった。その上、唐松村は雪五郎の故郷であって、今なおその本家の後裔が昔ながらのささやかな酒造り業を続けている。

吹雪川――この水車をくるくると回して、私達の露命をここまでつないできたところの吹雪川の流れを、森をくぐり、谷を渡り、野を越えて、あるときは流れのさまの岩に砕ける水煙りを浴び、またあるときは蔓橋のゆらゆらとするおもむきに恰も空中飛行の面白さに酔って、はるか脚下に咽ぶが如き水音の楽を聴き、迂余曲折、数々の滝の眺めに吾を忘れながら、えんえんと上《かみ》へ上へと溯ると、いつしか「吹雪」は千鳥川と称び代えられて、うららかな酒造りの村に到達するのである。

あの日、私の妻は、アメリカン・ビュウティのスキー・ジャケツに身を固め、頭には雪のように真白なターバン帽子をいただき、ほのぼのとして「春風」に打ち乗った。お雪は、新しい紺がすりの袷着に赤い帯をしめて、脚絆草鞋にそよそよと、いでたちをととのえ、「白雲」に打ち乗った。「春風」も「白雲」も共に私達の水車小屋の労働馬であるが、その日は特に七福神の舞姿を染め出した真新しい腹掛けを吊って、朝霧のなかにしゃんしゃんと鈴を鳴した。そして「春風」の轡は雪太郎が、「白雲」のそれは雪二郎が共々に逞ましい腕によりをかけて執りあげていた。

おお私は、あの日の妻の姿が、ありありとあら目に浮んでいる――。

「車が回りはじめさえすれば、明日《あした》にでも迎えに行くんだからそれを楽しみに待っていてお呉れよ。」

私が妻の手を執って、ねんごろな励ましの言葉をおくると妻は、しっかりと私の手を握って、

「私のことは決して心配なさらずに、あなたは勉強をつづけて下さいね。」

と朗らかな微笑を浮べて出発した。私は凝ッと妻の顔を見あげて、深く点頭きながら胸板をどんと強く叩いた。

「なあよ、お雪坊や、唐松へ行けば、また珍らしい草っぱもあることだろうから奥さんのお手伝いをしなよ。」

雪五郎は、私の妻の鞍にぶらさがっている植物採集の胴乱を見て、そんなことを娘に告げた後に、更に道中のこまごまの注意を繰り返した。私の、さっぱりと捗らない創作の仕事にやがて引用される筈の、このあたりの野生植物の蒐集に関して妻は久しい前から標本をつくっていた。私は先程マメイドが河原で摘んだ花束を携えてきたことを誌したが、それも同じく常々からの標本作成のための手助けなのである。

さて、桐渡ガラドウが、今更そんな風に私の方を向いて、先生――などと呼びかけても、もう私は金輪際、返事などをするものか。ツンとして私は、野郎の鼻を睨めていた。馬耳東風とは正しくこの態であろう。

「ねえ、先生、実は大変耳よりな儲けばなしを持ってやって来たんですがね、というのもあなたとあっしとの長年のお友達の誼みで、先生が大変お困りと訊いたので、何とかお力添えをしたいと存じましてな……」

ガラドウの云うところによると、私がつい此頃食うに事欠いて、いよいよ最後の持物となっていた祖先の鎧櫃を町の酒屋へ持ち込んでわづかばかりの抵当としたということだが、いつかその噂がそれからそれへ伝って実に私たる者が嘲笑の的になっていたところ、幸いにも「さる一人の義侠的人物が出現して」ひとまず、それをとり戻し、私の返金の出来る日まで――と云いかけて彼は、

「孫子の代までも待ちましょう――」

と見得を切って、ふふとわらった。私に望み次第の金子を融通仕様というのである。

「甘い話じゃありませんか、持ちぐされのボロ宝が生き返ったとは、何と目出度いことじゃありませんか。――そこで、だッ！」

と彼は、にわかに生真面目な顔に戻ると、胸を引いて、音も見事にポンと手を鳴した。「先生のお望みの金額を、まあ、ものは験しに仰言って見ては下さいませんか。」

別人の提言ならば私は有無なく賛成したに違いなかったが、一度瞞されたが最後、奴の申出など、何で諾くものか。加けに、奴はアヌビス共を煽動して、この水車小屋の差押えを駆り立てている張本人の由である。敵だ！

「ねえ、先生、まあ、とっくりと考えて御覧なさいよ。」

「………」

木像に向って演説をしている――と私は思った。それにしても、若しもこれが別人からの提言であるならば！　と私は思わずには居られなかった。若し左様ならば、先ず水車の負債を片づけて、明日にも妻やお雪を迎えに行くことが出来るではないか、一体、自分の望みの金は何程か、千か、万か――。と、ガラドウは、パッと片手の平を私の眼の先に拡げて、

「こうと出ますか？」

と叫んだ。

「………」

私には一向意味が解らなかった。すると彼は深い決心に似た思い入れと共に、

「では斯うとゆくか?」

と今度は、拡げた手の平に、別の指を二本載せて、凝っと私の顔を視守った。

「………」

私の想いは、はるか遠く雲となって唐松の空に漂い、ひたすら妻女の上を揺曳していた。千鳥川の岸辺でお雪と共々に珍らしい草花を発見した彼女が、この私を、びっくりさせてやろうなどと打ち興じている光景が脳裡のスクリンに鮮やかに浮んでいた。思えば妻に、春の終りの頃に別れたまま、世は既に晩秋の蜜柑のさかり時とは化しているではないか! おお、恋しや、妻よ――と私は沁々として、思わず胸のうちで、鹿の鳴く声きけば吾妹子の夢忍ばるる――云々という唄のメロディを切々と伝うていた。

「これでも、未だ――と仰言るんですか、一体御所望のほどはどれくらい? びっくりさせちゃ厭ですぜ。」

ガラドウは、わざとらしく怖る怖ると、私の胸の底を見透すが如き甘気なにやりわらいを浮べて、にゅっと頤を伸した。

私は、その時、胸の中で吟じている秋の歌の条々たる韻律に自ら惚れ惚れと、夢見るように眼眦をかすめて微かに首を揺りうごかせながら、あわや妙境にさ迷い込もうとしていた己れに、吾ながら気づかなかったのであるが、その私の様子を眺めたガラドウは、こいつはてっきり私が、思わぬ儲けばなしに有頂天となり、今やふらふらと金算段にうつつを抜かせているに違いない、こっちの思う壺に入ったぞ――と感違いをして、

「うふふふ、どうです、先生、お心持は悪くはござんすまい。ですが、あっしは近頃、とんと気が小さくなりましてな、恐怖性神経衰弱とでも申しましょうか、ちょっとしたことに出遇っても直ぐに斯う、ドキッとして気絶してしまうんですよ。その辺のところを、どうぞお察し下さいましてな、あんまりあっしを吃驚りさせない格構のところで、ねえ、先生、お望みのところを仰言って見ては下さいませんかね……」

などと、厭にいんぎんなことを唸りながら、おもむろに私の傍らに、にじり寄って来たかと思うと、

「メイちゃんが、よろしくですってさ。ここで一番たんまりと儲け込んで、鬼のいない留守に、あの娘《こ》とゆるゆる……」

と続けながら、やをらその手を私の肩に載せようとした途端――私は、ゾッとして夢から醒めた。……間一髪、私は、五臓六腑がものの見事に吹き飛んだ轟きに打たれて、全くの無意識状態の絶頂に飛びあがった瞬間、物凄まじい勢いで、突如、

「ワーッ……！」

という叫び声を挙げた。同時に、また、

「ワーッ！」

という気たたましい叫喚の渦が、小屋全体をはね飛すように巻き起ったかと、見ると、当の桐渡ガラドウをはじめ、今迄私達の周りに太々しい面構えを曝して、動かばこその姿勢を示していた地主アービスも従者のアヌビスも、執達吏のドライアス、代言人のクセホス、周旋業の何某、伯楽《ばくらう》の手代等という黒雲の面々が、一勢に弾《バネ》にはじかれた蛙のように吃驚り仰天して、

「ギャッ！」

と叫ぶと同時に、夫々その瞬間まで保っていた大業な姿制のままで、ぴょんと飛びあがった。それと一処に一瞬の時も移さず宙を飛んで奴等はパッと飛び散った、かと思うと、てんでんに吾先きにと、或者は障子を突き抜き、或者は上りがまちからもんどり打って転げ落ち、扉を蹴破り、一陣の突風を巻き起しながら風を喰って一目散に逃走した。

気づくと私は、炎々と囲炉裡に炎えさかっていた三尺あまりの瘤々逞しい赤松の薪太棒を振りかぶって、まんまるな月の光りを浴びつつ、芋畑のふちで鬼と化していた。云うまでもなく私は黒雲共を追っ払って、夢中で此処まで飛び出したものと見える。そのまま私は、逃げてゆく彼等の後影をぼんやりと視詰めていた。隈なき月の光りで青海原のように畳々とした畑の中を奴等はスイスイと、恰で氷滑りでもしている見たいに速やかに走っていた。あらゆる物音は澄明な月の光りに吸いとられてしまったように絶へ入って、見渡す限りはるばるとした平原の彼方に三つ四つ点々と瞬いている村里の灯火《ともしび》の中に、やがて彼等の羽ばたきは消え込んでしまった。そして、あたりは再び動くものの影だに見えぬ渺々とした青海原であった。――水車小屋は村里を遠く離れた鎮守の森の山裾に蟠まる草葺屋根の一軒家である。

それからというもの私は彼等の復讐戦を期待して、不断の身構えを忘れなかったが、

「いいえ、そうなればそうなるで、寧ろ此方は平気でありますわ。」

と雪五郎達は云った。雪五郎は齢こそとってはいるが、その腕力は近郷の音に聞えた豪のものであるから、いざとなれば、ガラドウやアヌビス位い八人であろうが十人であろうが、ぽんぽんと手玉にとっ

て水雑炊を喰わせてやる――。

「此処に斯うして坐ったままで、ぽうんと窓から河の中へ飛び込ませてやりますよ、ほんの朝飯前に――」

と事もなげに呟いた。凡そ雪五郎は謙虚な心の持主で、かつて自慢気なことを口にした験しはなかったが、この時ばかりは稍荒々しい息づかいで、太い腕を私に示した。奴等があのように慌てふためいて遁走したのは私の背後に立ちあがった低気圧をはらんだ三人の阿修羅を見てのことであったのだろう。あの重い水門を、あのように難なく上げ降しすることの出来る人物は雪五郎父子をおいて何処の村にも続く者はない由である。第一流の水門番として鳴り響いている。永年の間あの水門の把手を担ぎ慣れている彼等の肩には、恰度握り拳《こぶし》大の力瘤がむっくりと盛りあがっているではないか！　あの事件では彼等も余程亢奮したと見え、また更に私に落着きを与えようとして、まあ試しにこれをつかんで御覧なされ、力一杯握り潰すつもりで――。

「これは切られても痛くはないんです。」

そう云いながら三人が交々片肌抜ぎになって、覚悟を決めて、奴等の幻を追うように力んだので――先ず私は、雪二郎の力瘤をつかんでみると、それは恰も皮下に一個の林檎を蔵しているが如くグリグリと蠢く態《さま》は、魔力の潜みと思われた。

「抓りあげて御覧なさい。」

雪二郎にすすめられた私は、歯ぎしりをして拗ろうとかかったが、忽ち指先が痺れてポロリとしてしまった。

次に雪太郎の番になると、これはまた何と驚いたことには正銘の堅ボールで、抓ろうにも指も立たぬので、私は両掌で鷲掴みにして、躍気となって、えいえいと捥ぎとろうと努めたが、見る間に私の腕はあべこべの逆捩りを喰って二の腕の関節が脱臼しそうになってしまった。いつか、これに熊蜂がとまったから、これはと思ってそっと見物していたところ蜂の槍が折れてしまって、蜂は這々の態で飛び去ったことがある――という挿話を雪太郎は附け加えたりした。

それから最後に私は、大きな身構えを執り先ず自分の腕を、いざ仕事にとりかかろうとする力技者のように鳴らした後に、やをらと振りかぶって雪五郎の力瘤に飛びかかって見ると、実にもこれは真実の石であったから、慌てて腕を引っ込ませてしまった。

「そんなら、いっそ私のに喰いついて御覧なされ……」

たじろいだまま木兎の眼つきをしてぎょろりとしている私を見て、物足りなさの不興に駆られているのかと察した雪二郎が、もう一遍左様云って林檎の肩先を突き出したが、それはさすがに薄気味悪かったので私は、もう解った！　と平に辞退して、肩をいれさせた。

これらの稀有なる腕力、強肩に比例して彼等三人は見るも壮んな均整の麗わしいスパルタ型の体格を備えた見あぐるばかりの大男ぞろいであった。云うならば雪五郎は五尺九寸、雪太郎と雪二郎は共にそろいもそろった五尺八寸の身の丈の持主であった。そこで年々歳々村祭りの日ともなれば、雪五郎は神輿の先に立って、神様のお通りの道を展くがための悪気の露払いたる天狗の役に、あちこちの村から引っ張り凧であった。彼は、この役目を既にもう六十年来この方務めつづけているせいか、普段の場合でもその脚の運び方は一種独特の、云わば人間離れをした悠々として迫らざる風情で、地を踏めども雲の上を往くが如く、眼は爛々として広袤千里の雲煙を衝きながら一路永遠の真理を眼指して止まざるもののような摩呵なる輝きに充ちて、祭りの時の天狗としての歩き振りそのままなのである。どうせ、あの真赤な大天狗の面をつけるのであるから、中の顔は何うでも関わぬわけ合いだが、矢張り斯の如き風貌の持主であればこそ、心ともなる天狗の趣きを発揮することが出来るのであろう——と常々私は感心しているのであった。そう云えば、その音声までも、太く澄み渡っていて言葉少なく、吐けば朗々として恰も混沌の無何有から山を越えて鳴り響く不死なるものの風韻が籠っているかのようであった。それに伴れて心もまことに恬淡、種別の何たるを問うことなく何んな足労も心労も厭うことのないいつも釈然たる心の持主であった。——この頃では、そんな持物もすっかり種切れになって真に私は、寝ても起きても着たきりのインヂアン・ジャケットの着通しであったが、先の頃私は夕暮時になると酒を欲して止み難く、飲代を得るために何かと身まわりのものなどを携えて町の質店へ赴こうとするのを発見すると、雪五郎は慌てて私の荷物を奪いとって自らその使い番を所望するのであった。その雪五郎が、ようやく黄昏の霧が垂れこめて未だ村里には灯も瞬かぬ野中の一本道の、天も地も濛々として見定め難い薄霞みの棚引きのなかを、軽々と片手に風呂敷包みをぶらさげて脚どり豊かに出かけて行く後ろ姿を眺めると、私は彼の姿が霞みの彼方にしずしずと消えてしまうまで、窓に凭りかかって思わずいつも次のような歌を余韻も長くうたうのであった。——（その一節……）

……蹇としてひとり立ちて西また東す
ああ遇うべくして従うべからず
たちまち飄然として長く往き

冷々たる軽風にのる――

――と、などと。

ゆらゆらとする微風に目も綾なる金襴の素袍（?）の袖を翻えし、うらうらとする陽を突いて燦々と輝く大長刀を、杖に構えてがらんがらんと曳きながら一本歯の大高下駄を履き込んで、一歩は高く雲の峰を踏み越え、一歩は深く地なる悪魔を踏みにじる概をもって、のっしのっしと歩みを運ぶ大天狗が、神輿の行列の先頭に立って、練り出すというのが竜巻村の祭礼の風習である。続いて、根を払った榊の立木を白木格子の箱のようなものの中に突っ立てて、横に二本の太棒を通し四人の使丁が担いで来るのである。次に、面の差し渡しが凡そ五尺にも程近い大太鼓を、最も太い孟宗竹の棒に吊して、これを二人の壮丁が前後して担ぐのである。この太鼓は非常な重量を持ち、嵩がまた斯の如く厖大なものであったから余程優れた強肩と稀なる身丈を有してそろった若者でない限り、稍ともすれば太鼓の胴が地にすれたりする上に忽ち肩を害ねてしまう程の難物なので、この大役を易々と仕終せる者というては近頃雪太郎と雪二郎の兄弟より他は並ぶ者とてはなかった。更に、この太鼓の側らに侍して、巨大な撥棒を構えた一人の鎧武者が現れて、天狗の一歩一歩の脚並みの呼吸を見はからって、満身の力をこめて、いざ天狗の高下駄が地を離れて雲を蹴らんずる瞬間に、どうん！　と、一つ山々に反響させて力一杯太鼓を打ち、続いて、天狗の脚が弾道を描いて地に降りようとする刹那に、再び、どうん！　と、神々しく打ち鳴すのである。と、武者の反対の側に控えている、これは白面の一人の使丁が、携えている一本の撥を擬して、二つ目の太鼓の音が消えると同時に、太鼓の胴を、つまり木材の部分を戛《カツ》、戛、戛ッと拍子をとって三辺打ち叩くのである。この合奏は天狗の歩みが続く限り、「附け」となって、いとも厳かに鳴り渡るのである。

「どうん、どうん――カツ、カツ、カツ……どうん、どうん……」

目醒しい物音は、森を飛び、丘を越えて、八方に、神輿の渡御を知らしむると、待ち構えている村人達は、

「それ、天狗様のお通りじゃお通りじゃ！」

と口々に叫びながら行列を目指しておし寄せるのである。そして、この太鼓隊の踵をついて、四人の者に担がれた凡そ一坪位いの容量の巨大な賽銭箱が控えているのを目がけて、有りがたい有りがたいと伏し拝みながら、四方八方から賽銭のつぶてを雨と降らすのである。この一隊が通り過ぎてしまってから、凡そ半時も経たないと神輿は現われなかった。何故なら、御本体は彼方此方の家々の前に御輿を据えて、神酒《ネクタア》の雨を浴びるのであったから、次第に千鳥脚となって凄まじい「お練り」の道中をたどるのであったから。そっちには、そっちで、また改めて、しめ縄を巻かれた神々しい賽銭箱が控えていた。人々は、その箱を目がけて投げた賽銭が、宙を飛んで見事に箱の底に到達すると、吉運の占いなり――と見て、打ち喜び、若しねらいが外れて地に飛んでも、そこには矢張り厳めしいいでたちの拾い手が侍していて、一度落ちた運は忽ちもとにもどって、汝の運勢は目出度く展ける――というような祈りごとを与えて、それは彼自身の所得となるとの事であって――結局、賽銭を投げさえすれば、悉くが神の御恵みに浴して来る日の幸いをかち得ることが可能であったから、村人達は吾も吾もと腕をふるって、己が将来の祝福を乞い希うために躍気となった。所得と云えば、太鼓隊の賽銭箱は、天狗と鎧武者とがその大半を恭々しく頂戴して、残りのものを担ぎ手やら、胴腹の叩き手が分配されるという風習で

あった。その分け前は一度に五十金乃至は百金にも達する程であったから、祭りの日が来るならば私達の水車小屋は忽ち裕福となって、あの黒雲共に面目も立つわけなのであるが、今やもう私達は日々の米塩に事欠く仕儀に立ち至っていたのである。他人の米を搗いて、その労銀によって私達は更に自分の米を買うのであったが、春の雪解以来、これはまた三度の大雨で、あんまり激しく水車が廻転して、三度が三度ながらぷっつりとベルトが絶れたり、車の翼が砕けたりして、終いには馬を質に入れ、更にまた鎧櫃までも抵当にして漸くその修繕を終り、これなら私は妻を、雪五郎は可愛いい娘を呼び寄せることも目睫に迫ったと思って、一家総手の大働きにとりかかろうと勢い立ったところへ、この旱魃騒ぎに見舞われた。

私は、密かに祭りの到来を指折り数えて待ち構えていた。祭りともなれば、迎えに行かずとも妻やお雪は唐松村の野外劇団の幌馬車隊に加わって戻って来るであろう。私達は賽銭袋を首にぶらさげて、手に手をとって太鼓の音のする方へ駆け出すであろう。

「あれあれ、お父さんの冠りの先きが……」

六尺もある大男が一尺歯の高下駄を穿いているのだから、天狗の顔は稲むらの上にひとり浮び上って、遠方からでも直ぐと解るのである。お雪は、声を張りあげて、

「お父さん、お父さん――」

などと呼ばわると、天狗が高い鼻を此方に向けて、嬉しそうな点頭きを示すではないか。兄弟に荷われた大太鼓が、鎧武者の撥に打たれながら、厳かな余韻の煙りを曳いて進んで行く光景を想うと、私は全身の血潮を涌きたてさせられる止め度もない情熱の竜巻きにまくしたてられるのだ。黒い面当《めんあて》をつ

け、緋縅の具足に鍬型兜のいでたちりりしい鎧武者は、誉れに充ちた腕を振りあげて必死の力で太鼓を打ち続けるのである。この大役は、季節に順番となっていて多くは村の主だった名士の者が拝受することになっていたが、その栄ある颯爽としたブリリアント・チャンピオンの姿は、群集の羨望の的であり、うら若き子女をはじめとして、善男善女悉くが随気の涙を惜まなかった。親は子を、妻は夫を、男とあらば是非とも太鼓打ちの荒武者として彼処に立せたく、希わぬ者とてはなかった。

春の時には、あの地主のアービスが太鼓叩きの番となって参道に現われたのであったが、いざ此処に至ったとなれば誰も常々の奴の悪徳などを云々する者もなく、朗らかな歓呼の声を挙げて、彼の打ち鳴す太鼓の音に魂を奪われた。

「まるで、世界が昔に返ったようだ。勇ましいことじゃありませんか、なろうことなら若武者の撥に打たれて昏倒してもみたいものよ。」

このようなことを叫んで打騒ぐ娘達の中にまじって、私の妻も惚々として口をあけながらその勇姿に見惚れていた。

凡そ、彼の勇士の振舞いは、あらゆる人間の情熱と根気と忍耐と覇気の徳を兼ね備えた遠い昔、遠い国のガスコン族の再来かと見紛うばかりであった。あの、精悍無比にして、義に富み、信に深く、崇神の念に厚く、婦女を敬い、智謀に長けた永遠の血脈をありのままに中世紀時代の数々の騎士達の胸に伝えて、大陸の歴史を花と色彩ったところのガスコン民族やゴッス人の精気が、凝って一団となり此処にも生れたか――と思わずには居られない程に、この奔放無礙なる大振舞いに一途の精神を打ち込めた太鼓たたきの荒武者の打ち鳴らす太鼓の音は、聴く者、視る者の魂を力強く極楽の空に拉した。

私は、酒の気もなくて眠れぬ夜々のうそ寒さを、小屋の二階の寝台で夜もすがら、転々としながら、あの祭りの太鼓の音に想いを及ぼすと、幻ともなく現《うつつ》ともなく太鼓の音が或いは遠く、或いは近く津波の勢いで殺到して来る花々しさに巻き込まれて、思わずはねあがると次のような歌をうたいながら、白々と東の空が明るむ頃おいまでも窓に凭りかかって、絡繹と連る行列に見惚れた。（――その一節）

……かくの如き人波の中
楊柳を折り芙蓉を採る
瑶環と瓊珮とを振い
鏘々として鳴って玲瓏たり
衣は翩々として驚鴻の如く
身は矯々として游竜の如し

……と、などと、いつまでも歌いつづけて。

この頃私は、「悲劇」「喜劇」の出生と、その岐れ道の起因に関して深く感ずるところから、劇なるものの歴史について遠くその源を原始の仮面時代の空にさ迷っていたところ、計らずもガスコンの原始民族が、酒神サチューロスを祭る大祭日に、恰もこの竜巻村の神輿行列にも等しい仮装行列の一隊を組織して、バラルダと称する大太鼓を先頭に曳いて、山上の酒神の宮へ繰り込むという有様を詳さに伝えた文献に出遇って、目を丸くした。パン、ユターピ、カライアーピ、バッカス、エラトー、ユレーニア等々と、山羊脚を真似、葡萄の房をかむり、狐頭《ガラドウ》や犬頭《アヌビス》、星の倅、恋の使者、雲の精と、とりどりの扮装を擬した行列が、手に手に携えた羊角型《ジーランド》の酒壺を喇叭と鳴し喇叭呑みの乱痴気騒ぎに涌き立って、バラルダの音に足並みそろえるおもむきは、恰も私達の天狗の太鼓隊につづいて、おかめ、ひょっとこ、翁、鬚武者、狐、しおふき等々の唐松村の仮面劇連が辻々の振舞酒に烏頂天となって、早くも神楽の振りごとの身振り面白く繰り込んで来る有様をそのまま髣髴とさせる概であった。——因みにバラルダの大きさは、直径凡そ五碼《ヤード》とあるから、私達の水車の大きさであり、六頭の牛をもって曳かれ、二十人の使丁に後おしされて、はね吊籠型の投石機《スリング》仕掛になった大撥で打たれるとの事であった。それ故その音響の大は私如きの想像にあまったが、窓下の薄鈍《のろ》い流れに軋りをたてて今にも止まりそうに廻っている水車の影が、情けない痴夢に酔どれた私にはガスコンのバラルダとも見紛われた。明方の翼に稍ほのあかく染められた彼方の山の頂きを眼ざして、月の白光の波のまにまに打ちつづく私の眼界に現れる大行列は、ガスコンと唐松の崇神者連をごっちゃにして、世にも怪奇瑰麗な賑々しい騒ぎであった。

どうん、どうん、カツ、カツ、カツ！

空一杯、胸一杯に太鼓の音が鳴り響いて、天狗が、牛頭《アービス》が、象が、山彦《エコウ》の精が、馬が、河童《ニッケルマン》が、風《ゼファラス》の神が、人形使い《ピグメーリアン》が、蝶々《サイキ》の精が、ダイアナがおかめと手を携えて往き、閑古鳥をささげた白鳥《レーダ》の精が笛を鳴らし、榊やオリーブの枝をさんさんと打ち振りながら続いて続いて止め度がない……。轣轆《れきろく》たるバラルダの廻転と、荒武者が此処を先途と打ち鳴らす竜巻村の大太鼓の音が人波を分けて、行列を導いて行く。

私は、声を張り挙げて歌いつづける……、

「鏘々として鳴って玲瓏たり……」

——「おお、もうお目醒めになりましたか。雪二郎が朝餉の仕度をして居りますから、どうぞ囲炉裡にお降り下さい。」

窓下からの声で私は、夢から醒めると、朝餉の前の一働きに水門開きに出かける雪五郎と雪太郎であった。

いつか、もう夜は、ほのぼのと明けて、山は藍色に、野は広袤として薄霧の中に稲むらの姿を点々と浮べているのみであった。行列は、もうあとかたもなく山上の森に吸い込まれて、車の軋りの音も消えている。

「今朝方は、また二寸からの減水で、いよいよ車は水が呑めなくなりましたが、お心はたしかであって下さいよ。」

と雪太郎が呼びあげた。「夜露の情けは、もう、待たずとも――」

「この腕の続くかぎり――」

雪五郎が、そろって、朝靄の底から窓を目がけて赤松のような腕を突き伸した。そして、

「祭りは上天気ですぞ。」

と目醒し気に唸りながら、川べりをのしのしと柳の影へ消えた。流れは、流れのさまをただよわすことのない静けさで、はっきりと白く川下へ見霞む果までうねっていた。浮ぶものの影があるならば花の一輪であろうとも、眼にとまる澄明さであるが、私の眼をさえぎる水馬《あめんぼう》の影さえ見えぬ眺めであった。はっきりと、もう明け放れて陽《ひかり》の金色の箭が山の頂きを滑って、模型と化している水車の翼に戯れながら、川岸の草々の露を吸いとっていた。私は、もう、この川岸の草花の名前は、あますところなく知り尽してしまっていた。おみなえし、へらしだ、われもこう、烏萩、こうや万年草、いちはつ、狐の行

灯、烏瓜、ぶらぶら提灯花、孔雀歯朶、盗棒萩、犬虱、しおん、獅子舞い蓮華、猫柳……等々と、一見見渡しただけで忽ち百種類も数えあげることが出来るのである。それ故私は、川上から流れて来るものの中にも若しや私の知らぬ花がなかろうか？　と、噂に聞くだけで未だに訪れた験しもない千鳥川の流域を思って、何かと水の上に注意の眼をとどめるのが習慣になっていた。妻が彼地に赴いてからは、その注意の眼に加えて恋々の想いを含めて、若しや笹舟に載せられた花言葉でもが流れて来ぬものか——とさえ、屢々考えて、流れのさまを見守ることも、私にとってはさして無稽でも感傷でもなかった。何故なら、唐松村は山径を伝えば、わずか五里あまりの道程であるが、郵便と云えば一週間に一度の配達より他は享けぬという幽邃境であったから、私達は別れるときに、それは戯談めかしくわらいながらではあったが、

「いっそ、流れに托して、花の目印でもつけた壜なりと流した方が、早急の言伝は、いちはやく着くかも知れないぜ。」

「ほんとうに——若しや、あなたの知らぬ名前の草花が流れて来たら、標本のあまりをあたし達が流したものと思ってよ。手紙をつけて流すかも知れないよ。金送れ——とでも書いて——」

そんな言葉をとり交したこともあった。験しに雪五郎に、その時私達が、一体千鳥川で流したものが幾時間位い経ったら、吹雪に達するだろうか？　などということを質問して見ると、彼は入念に首を傾けた後に、

「雨のない今日此頃の水勢ならば、丁度黄昏時に出発した花舟は、明方になって此処に着くであろう。」

と云い、彼の壮年時代には、真実この流れを唐松村の人々は郵便網として使用していたが、そして水

門の傍らに四つ手網型の郵便受を備えて置いたものであるが、――などということを附け加えた。

Styx ――三途川と振り仮名するのは、稍私の意に添わぬが、今、私の眼下から白々と晴れ渡って、壮麗な大気の静寂を縫って無限の面持で流れをも忘れたかのような吹雪川は、降れば雲に達するかと見ゆるばかりの、もの静かなる漠々たる明朗さに一切の疑惑と妄迷を呑み込んだ The Lethe（もの忘れ河）となって、曙の雲の裾に消えていた。私は、あの騒ぎの幻の後に展けたこの Stygian River の往く幽明境《ファティア》を、太鼓を打ち鳴らしながらたどろうとするかのような己れを見て、あわれとも悦びともつかぬ決して云いようのない不思議な陶酔を覚えていた。――と、その雲を衝いて、一散に駆けて来る娘の姿が、積乱雲の中に現れた一点の鳥と見えた。

「先生――先生――」

見ると居酒屋のマメイドである。珍らしい草花でも発見したことを告げに来たのであろう――と私は思ったから、私は一切の痴夢から醒めて、慌てて戸外に走り出ると、メイ子は私の腕の中にぐったりとして打ち倒れた。私は雪二郎を呼んで、メイ子に水と気つけ薬を服せしめた。

「ガラドウが来る、ガラドウが……」

「メイちゃん、もう大丈夫だ。ガラドウの奴来て見やがれ、忘れ河の中へ……」

私達の介抱に依って息を吹き返したメイの話を聞いて見ると（私は、ガラドウがメイを手込めにしようと襲いかかったに相違ないと思ったのであったが。）ガラドウが今にも私の許へ鎧櫃を瞞しとる目的で、一世一代の智謀をふるった（と彼が云った由。）狐となってやって来る筈だから決して化されてはならぬという注進であった。

今年の春の祭の時に余興として鎧武者の戦争劇を演じたところ、楽屋から火を発して村中にある二十体の鎧兜を悉く烏有に帰せしめ、今では質屋に遺った私のそれが唯一のものとなっている。祭りの武者用には古来から此処に伝わる鎧でなければならなかったので、結局私のそれが登用されることになったのであるが、昨夜から徹宵の村議の結果、誰人でも真ッ先にそれを私の所有から奪いとった者が、この先何年間というもの春秋併せて太鼓叩きの栄誉を荷うべし——という事に可決された。その事は最早大分以前から村人等の話頭に上っていた提案であって、里を遠く離れた森陰の水車小屋にだけは伝わらなかったが、彼等の間では既にもう初夏の田植の頃おいから遠くあの鎧櫃を取り巻いて、暗々裡の物々しい争奪が演ぜられていたということであった。そう聞けば、私にもそれと思い合せられる筋々が枚挙に遑《いとま》ない。それまで私に出遇うと何故か冷酷な軽蔑の後ろ指をさして大手を振っていた村会議員の何某達が、にわかに丁寧な天気の挨拶などをして私のために道をひらくが如き有様となったが、それは鎧櫃欲しさのお世辞わらいであったのか、私はまた遂に彼等が私の豊かなる学識を認めて心からなる尊敬の念を寄せはじめたのか、と大いに吾意を得て、自ら打ち進んで思想講演会の壇上に立ったり村議立候補の宣言を発表したりしたのに、嗚呼、またしても思わぬ憂目を見たものよ。あの時私への投票は雪五郎父子の僅かに二票より得られず落選となったが、それは私が既成政党の何派に依ることなく自ら樹立した「独立共和党」なるものの主旨が単に彼等の意に通じなかったとのみ思って、晴々としていたのに——。

この鎧植騒ぎが起るやいなや桐渡ガラドウは即座に年々歳々の賽銭の高を計上して、

「あの薄鈍先生から五十か百の金でふんだくれば、濡手で粟だ。」

と北叟笑《ほくそ》み、既にもう手前が鎧武者になった気で、アヌビスを賽銭拾いに、また同志の悪党を悉く使丁に抜擢した太鼓隊を組織して、毎夜毎夜メイの店で手配を回らし、前祝いの盃を挙げていたが、いよいよ期の熟した今朝となってはあらゆる弁舌を弄して私に迫った上、若しも私が云うことを諾かなかったならば、一思いに腕力沙汰をもって捻じ伏せてしまおうと決心し、今や二十人からの同勢が勢ぞろいをして手ぐすねひいて繰り出すところである――斯う聞くと私は、娘の手前というばかりでなく、しっかりと武張って、そいつは面白いや！　とか、日頃の鬱憤を晴して目にもの見せずに置くものか！　などと唸ったものの、何故か総身に不思議と激しい胴震いが巻き起って歯の根が合わなくなった。

水門の堰が切られたと見えて、稍暫らく水車が轟々たる響きを挙げて回り出し、小屋全体も恰も私の胴震いのように目醒しく震動しはじめていた。

「いいえ、そいつは……先生が……先生が……俺が撥をとって行列の先へ立つと云えば……梟のつくことだ……」

小屋の胴震いの音にさまたげられて止絶れ止絶れにしかうけとれなかったが、いつの間にか迎えに走ったと見える雪二郎を先きにして、雪五郎と雪太郎が口々に亢奮の言を叫びながら嵐となって飛び込んで来た。それと一処にメイも何か叫んで私の胸に飛びつき二つの拳骨で、私の胸板を太鼓と鳴らした。たしかその時雪五郎がすいと腕を伸したかと思うと私の五体は鞠になって真黒に煤けた屋根裏へ飛びあがり、ふわりふわりと感じたかと思うと、決して訳の解らぬわあわあという人の車の歓声に吹き飛ばされて、繰り返し繰り返し宙にもんどりを打っているのである。私は、目も見えなかった。昏倒しそうであった。ガラドウの同勢が圧し寄せて、合戦がはじまったのかしらと思われた。……で、不図、落ついたので、それにしても酷く坐り具合の好いソファに居るが、いつの間にか敵軍を追い払って、大将の席についたのかな？　そんな心地がして、静かに眼を開いて見ると私は、雪五郎の膝を椅子にしていた。——合戦かと早合点した今の騒ぎは、雪五郎達が歓喜のあまり私を胴上げの手玉にとったのであった。

　水車の響きに逆って、大声の会話を取り換す習慣には私も慣れている。私は特に落着いた振りで、

「でも僕には、到底あの太い撥を振うなんていう力はありはしないよ。」

と、真に自信に欠けた思い入れを込めて、皆なの前に露わに腕を突き出して見ると、まことにそれは鉛筆と見紛うばかりの心細い腕だ。「撥の方が五倍も太いじゃないか。」

「いいえ。」

と父子三人が口をそろえて首を振った。——「私達は知っている、いつか貴方が、この赤松の薪太棒を軽気に振りあげてガラドウ共を追い払った時のことを——。太鼓の撥は、これと同じ太さであるし、また、打つ時の身構えは、あの時のままに演って下されば申し分はない。私達は、あの時の貴方の姿を見て以来、此処に一人の屈強な太鼓武者が居ると秘かに期待していたところ、計らずも斯んな幸運に出遇って……」

　あの時のあれは全くの夢中の業で、あれと同じ動作を繰り返して行列をすすめるなんていうことが出来るものか、あの一振りであの時だって僕の腕は抜けかかったではないか——という事を私は云ったが、声が落ちて水車の響きに消されて誰の耳にも入らなかった。

「おお、私は貴方の打つ太鼓の音に伴れて天狗の脚を運べるとは……」

雪五郎がそう云って悦びの胸を張り出そうとすると私が危く膝からこぼれ落ちかかったのを、雪太郎が置物でも持ちあげるように軽く自分の膝に享けとって、

「その天秤の後ろを担ぐ私も――」

と続けて雪二郎が更に私を膝の上に享け渡されて、

「一家そろって斯んな目出度いことがありましょうか。」

と、決して下には置かぬ歓待であった。

「おお、先生、あたしにはもうはっきりと太鼓の音が聞えますわ……」

メイ子は身を震わせて私にとり縋ると、さめざめと嬉し涙を流した。

お天気続きを悦んで水車をも休め、豊年祭りが近づいた、やがてのことには雨も降るだろう、そしたら回って回って黄金の餅を搗いてお呉れ――雪五郎達は、そんなような意味の「水車小屋の唄」を歌いはじめた。ガラドウ達の襲来などは全く意にも介していない素振りであった。そして一同は傍らに積んである赤松の薪をとって炉端を叩きながら歌の調子をとり、私も釣られてタクトを振ろうとしたが、決して片手では持ちあがらなかった。

それにしても水門の水勢がもう弱る頃おいだから、扉を閉しに行かなければならぬ、だが、大変車が目醒しく廻りつづけているではないか――と云って兄弟が窓から外を眺めた途端、

「やあ、雨だ！」

と叫んだ。その表情に私は、恰も「悲劇」と「喜劇」の分岐点に踏み迷いつづけて、ひたすらにガスコンのバラルダに追いつ追われつしている私自身の心象の現れを見た如き囚えどころのない雲に似たも

のを感じた。

「雨――ああ、雨の音だったのか、それが私には遠くから響く太鼓と聞えていたのですわ。」

メイ子も名状し難い面持で両掌で胸を圧えながら、祈るような眼をあげた。――「道理でガラドウ達がやって来ないと思ったら……」

見霞む野面の果から、激しい雨脚の轟きの音が朦々たる雲を巻き起し風を交えやがては雷鳴を加えて疾走して来た。その雨を衝いて水門に駆けつけた雪太郎が、こんな花束が流れて来たと云って、私に、全く私の知らぬ名前の花束を渡したが、私はそんなものを験める気分もなく、ぼんやりと窓に凭って、爽烈な吹き降りの野末をひろく見渡していた。一頭の裸馬が、私の眼界の果を水煙りの尾を曳いて一散に横切って行く後を、一個の黒い人物の点が起きつ転びつしながら宙を飛んで追いかけていた。

不図私は背後に笛に似た歔欷の声を聞いた。止絶れ止絶れに何か呟いでいる様子であるが、狂気となって廻転しはじめた水車の音や雷鳴に消されて何の判断もつかなかったが、どうもそれは炉傍で仁王のような腕を組んでいる雪五郎の喉から洩れでるものらしい――と思うと私は、突然、(もの忘れ河)のしぶきを浴びた野鹿の化身となって、一声高く不思議な叫び声を挙げるやいなや、岩ほどの雪五郎の坐像に突きあたって、その頭部となく背中となく滅多打ちに、ぼかんぼかん! と打ち叩いた。

緑の軍港

いつの間にかわたしの部屋の壁には、いろいろな軍艦の写真が額になって、あちこちに並び、本棚の上には「比叡」と「那智」の模型が飾られ、水雷型の筆立には巡洋艦「鈴谷」進水式紀念の軍艦旗とZ旗があった。「比叡」と「那智」の模型は、それぞれわたしが拝乗の機会に浴した思い出の為に材料を買い集めて組み立てたものである。近日中にエンジンを取り付けて競技会へ出場させて見ようと考えている。わたしは去年の秋、軍港街に移ると間もなく「鈴谷」進水式拝観の光栄に浴し、続いて駆逐艦「しぐれ」特務艦「剣崎」の進水式に参列の栄を得て、ひたすら胸を躍らせ、行状の謹慎を保った。わたしの壁の写真の中には閃く海神鉾に翻える久寿玉から五彩のテープが舞い乱れ、翼の音も軽やかな数羽の鳩が放たれた瞬間に堂々たる巨体を、あわや麗かな海上へ乗り入ろうとする処女艦の英姿があった。

わたしはそういう自分の小さな部屋で、造船作業の為に夜を更かすことが多かった。五分刈頭のわたしは、夜になると、街の被服商で購って来た海兵用の白の作業服を着て、一服喫すという場合には、徐ろに胸のポケットから、先頃「しぐれ」進水式の折に拝領した銀製のシガレット・ケースを取り出し、高射砲型のライターからパチンと火をつけた。

この横丁は街中で最も繁華な大通に側して崖際の露路であった。全く同じ造りの二階家が数軒並んで、隣の二階にもわたしと同じような姿の若い士官がいて夜更まで灯りの下で勉強して居り、そのまた隣も海兵の合宿所で時々、今日ハ手ヲ取リ語レドモ　明日ハ雲井ノヨソノ空　行クモ留ルモ国ノタメ勇ミ進ミテ行ケヨ君――と合唱する聞くだに健やかな血の湧き立つ軍歌が響いた。わたしは何も彼も忘れるというような恍惚の想いに打たれるなどという機会に、凡そこれまで出遇った験《ためし》もなく、終いにはふらふら病になっていた折から、はじめてこの街に移り艦を眺め戦闘機を見あげ、軍楽隊の大行進に力一杯のテープを投げ……いつかわたしは何の不安も疑惑も知らぬ偉大なる感激家に化していた。自分のことなどには何の未練も後悔もなく、時に、遺書なりと認める必要に出会う折もあれば、勇敢なる杉野兵曹長のそれと同様に簡単明瞭なる一札で充分であると思われるばかりであった。

それはそうと、このわたしの窓の下はそんな繁華な大通りの側面でありながら、急に暗くなって、夜更けまで主に脚どり厳めしい兵隊靴の音が絶えなかったが、その脚どりの中に毎晩爽やかな横笛《ピッコロ》の練習をしながら戻って来る者があり、余程の熱心を籠めて吹奏するらしいその節廻しがいつもわたしの夢をほろほろと誘うおもしろさなので、一体何んな人なのか知らと憧れて、そっと見降ろすのであったが、一向姿は定かではなかった。深い泉水の底に眺める鯉のように淡く、吹奏者の姿は忽ち闇の彼方に吸われて行った。

最初にわたしがその吹奏の歌を聞きはじめたのは、未だあたりは冬の霧が深く、海の上から放たれる探照灯の翼が崖の側面にあたると、凍てついた氷山に対する稲妻のように見えた頃であった。

ピッコロと云っても専門的なものではなくて、それは何うも昔わたし達が幼い折に弄んだ銀笛の類いであるらしい響きであった。御存知ない方は合奏用のピッコロの音を御想像下されば充分である。兎も角あの笛の音が、夜陰の露路を単独で、ピッ、ピッ、ピッ！　と鳴って、軍歌を節付け、唱歌を習って来る音を耳にして、凡そその吹奏者を憎む人は皆無であろう。

二三軒先の合宿から折々聞えるところの、前記の「海兵わかれの歌」ばかりを、銀笛の吹奏者は、氷った月のころから習いはじめていたが、彼はどちらかと云えば武骨過ぎる指先かと見えて、その一節さえもが容易になだらかには運ばなかった。支えては出直し、間違えては歩調を直して、飽かずに続けていたのであるが、まったくそれは柳に飛びつく蛙のような熱心ぶりで、窓の中のわたしの方がいつの間にか速かに聞き覚えて、そっと細い口笛で合奏しようとしても、一向辻妻さえ合わなかった。それでも漸く岬の彼方に春霞みが立って、間もなく聯合艦隊が出動すると噂がたつ頃には、あわれな銀笛の音も辛うじてわたしの口笛に合う程度になった。そしてわたしはその頃今本棚の上に飾ってある軍艦「那智」の進水を目前に控えて営々と夜毎の作業に没頭していたが、例のライターで一喫しながら、もうあの笛の音が聞える時分だがと腕時計を見たりしていたものの、その晩に限って何時迄待っても現れず、つい連日の疲労のあまりわたしは作業台に突伏してうとうととしてしまったのであった——と、突然、大分呂律の回らぬ怪し気な大声で、

「おーい、ただ今あ……」

と怒鳴ると同時に門口の格子が荒々しく開いて、時を移さず、あの別れの歌を叫びながら、見も知らぬ一人の水兵がわたしの部屋へ転げ込んだのであった。彼の眼は大酔に据って、碌々わたしの姿も見ず、

「おお、大塚、貴様感心に何時でも机に向って勉強しとるな。邪魔したら済まんが、俺は今晩こそは大分酔ってしまったぞ。ウーッ、失敬、直ぐに寝るから御免よ。」

と云いも終らず、さすがに服だけは脱ぐと、いきなり卓子の下に伸べてあるわたしの寝床に潜り込み、やおら頭からすっぽりと毛布を引き被ったかと見ると、忽ちごうッという大鼾だった。わたしの被着《かいまき》は、これも錨の印のあざやかな純白の海軍毛布だった。

云うまでもなく、門口の具合と云い、梯子段の在所と云い、並んだ家のかたちは寸分違わぬので、更

にまた坊主頭のわたしが作業服を着ている有様から、水兵は有無なく自分の合宿と間違えたのである。——わたしは寄んどころなく、その隣にもう一つ同じようなベッドをつくって、静かに灯りを消した。

「おや、大塚、貴様も寝たか。」

やがて、水兵は闇の中でわたしに呼びかけるのであった。

「うむ、寝た。貴様、大層酔ったな。水は枕元にあるぞ。」

とわたしは云ったが、もう彼はまた非常な鼾であった。わたしは妙に胸がざわめいて眠れなくなったので、莨《たばこ》をとって、そっとライターを点けた時、不図仁王のような腕だけがぬッと傍らに突き出ているのに、ハッと思うと、その拳にはしっかりと一本の銀笛が握られていた。そして鼾は毛布の奥底だった。


明方わたしが目を醒まして隣りを注意すると、いつの間にか寝床は綺麗に整理されて、その上に「失礼、失礼」と誌した一枚の紙片が載せてあった。その翌晩からは、ぴったりと銀笛の音は消えて、ひそかなるわたしの楽しみもなく、わたしは専念作業に没頭するばかりだった。

旗艦「山城」が、一等巡洋艦「鳥海」「高雄」「摩耶」「愛宕」航空母艦「赤城」以下、第十駆逐隊「狭霧」「漣」「暁」を随え、仄かなる春の霞みが岬の彼方に煙り初めたとは云え、未だ如月の夢深い曙の波を蹴立てて、威風堂々、○○方面を指して遠洋航海の碇を巻いたのは、あの翌朝のことであった。——何もわたくしは、あの水兵が聯合艦隊の所属であったかと想像する由もなかったが、それ以来杳として銀笛の音は聞えなかった。

艦隊は何処の国の港で春を迎え何処の大洋の沖合で春をおくり——と市民達の噂も長く、やがて軍港の山々は緑に映え、卯の花の蕾がほころびて散り、海も山も炎える夏を迎えた。季節をたとえて金樽緑酒とも云えるものならば、おそらく街々の角なみに「艦隊入港」の歓迎旗を翻す真夏の微風に、天地も陶然として凱歌を挙げるひとときに止めを刺すと申すべきであろう。——軍楽隊の響きが遠方の空から巻き寄せると、街は一勢に鬨の声を挙げて花やかな津浪と化した。街が、そのまま天地を象って、巨大なる一体の美人であった。緑の山々は、髻に挿む玉鴛鴦と云うべく、碧洋に浮ぶ満艦飾の鏤《ちりば》みは、裙に綴る金蛺蝶と見紛うて理の当然であったろう。

わたしは、ふところ一杯に五色のテープを充満して高楼の屋上から、声を限りに呼びながら双つの腕を筬のようになげうった。

わたしの窓の露路までもが、夜更まで賑っていた。わたしは歓迎にしびれた五体を籐椅子に横たえながら、どこからか聞えるシャンパンの音を聞いていた。

わたしの本棚の「比叡」「那智」も満艦飾を装い、見物人が現れた。——そして最早街のどよめきも静まったのでわたしもその飾りを降し、恰度水の季節も盛りとなった折から、エンジンの備え付け工作にとりかかって夜を更していると、不図窓の下に笛の音を聞いた。いつの間にか銀笛のことなど忘れていたがそれは今度は銀笛ではなくてその度毎に曲り角の生垣ででも摘みとるらしい青葉の笛の音であったが、どうもいつかの笛の節と同様の歌を吹奏しているので——思わず窓をあけて「やあ」と言葉をかけてしまった。すると、青葉の笛の吹奏者は脚を止めて、ちょっとわたしと視線を合せたが、不思議もなく取り済して行き過ぎた。全くわたしは人違いをしたらしいのだが、自分としてはあの銀笛の人の顔を知りもしないので術もないわけなのである。青葉の笛はこの頃一人や二人ではなく、露路にさしかかると水兵達は皆巧みに吹き鳴らして通り過ぎた。あの拙い銀笛よりも何れも聴き好かったが、何故かわたしはあの顔も知らない水兵の笛が待遠しかった。風流気《センチメンタル》というわけではなく、わずかなる消夏の憬れである。

るい

竹藪の蔭の井戸端に木蓮とコゴメ桜の老樹が枝を張り、野天風呂の火が、風呂番の娘の横顔を照していた。もう余程古いことであり、村の名前さえ稍朧ろ気であるが、私は不思議とその娘の名がるいといふのであったと憶えている。その時私は採集旅行の途中で大きな沼のあるその村への櫟林で大ムラサキ蝶を追いかけるうちに可成りの断崖から滑って脚を痛め、十日ちかくもその宿に滞留していたろうか？と思われるが、その間だって殆んどその娘と口など利いたこともなく、それも別段何かのはにかみを感じたからというわけでもなく、ともあれ名前すらが記憶に残っているというだけでも私にとっては不思議な次第と思わざるを得ないのだ。宿屋と云ってもただの百姓家同然で、若しも軒先に煙草の看板ほどの酷く煤けた「おとまり宿」という板が掛っていなかったら見逃すのが当然沁みた草葺屋根の不恰好な二階屋だった。

二階は何時にも使ったこともなく物置同様で？　と、素樸を装いながら旅人を見る眼には仲々陰険な、そして業慾の貌がはっきりと窺われる亭主が、二階をと望んだ私の申出を余程迷惑そうであった。然し私は、夜になると囲炉裡端に大層な漁色漢沁みた連中が集って面白くもない聞くも卑猥な冗談を如何にも吾ながら面白そうに喋舌るのが聞くも気持が悪く、一日や二日の滞留では済されそうもなかったので、強いて二階の一室を片づけさせた。るいはその家の一人娘らしかったが、夜になると赤い帯を締めて囲炉裡端で沼で獲れる魚を焼きながら酒の酌をつとめていた。親父が傍にいるというのに酒飲連は遠慮も知らずに娘をからかった。私は酔客よりも寧ろ、そんな光景を平気で眺めている親父を可怪《おかし》く思った。娘は大概ツンと済して笑い声ひとつ立てなかったが、そんな愛嬌知らずで充分な人気があったところを見ると一廉の美しい花には相違なかったのだ。眼のぱっちりした痩形の娘で、私のコダックを見ると頻りに写して呉れと強請《せが》んだので、彼女が棒縞のモンぺを穿いて野良仕事へ出るところを写そうとすると、そんな姿は御免だと云って夢中で馬小屋へ隠れた。

夜更けに私が何うかして眼を醒すと、いつの間にか階下の酔漢連の声も絶え、消えかかった豆ランプが私の枕もとに点っていて——いつも私は夢かと思うのであったが、あまり毎晩つづくので、終いには私も苦笑と共に思わず咳払いを発した。すると隣室の、すすり泣くような、わらうような女の声もピタリと虫のように止絶えた。隣室は蚕の道具などが一杯の納屋なのに——と私は思い、湖畔のロメオとジュリエットを想像した。ひとりがるいであることも明らかになったが、別段私は痛痒も感ずる筈もなく獲り逃した蝶々の方が遥かに悩ましい夢であった。だが、未だ一本あしの竹竿で滑稽な脚取りであったにも関わらず、隣町へ麦袋を積んでゆくるいの馬車に同乗を乞うて出発した私は少々「悲劇のささやき」に中毒した態と云うべきであったろう。

人物は解らなかったが——と私が途中で、物置小屋の逢引など止めてその人と何故早く結婚しないのか？　などと訊ねると、るいは、ただゲラゲラと笑っていた。実に意外なことには何うやらあの親父が、世間態のみを娘と偽っているらしかった。私は非常に驚き、同時に彼女の涙を想像して痛く同情の言葉を寄せたところ、娘は一向平気で、

「あんな爺、いまにくたばるづら……」

などと頓着なくうそぶき、馬車が小暗い森に差しかかったころ、

「おら、この間ここらで狼の糞を見たぞ。」

そんなことを云って笑った。それから、何の酔興で「蝶々ッパ」などを追いかけるのか？　とか、売れやしまいに！　とか、せめて煮てでも食えるものならな――など、彼女は私を嘲笑した。

で、私があの大ムラサキというのは買うとなれば一羽八十銭ぐらいはするよ――と教えると彼女は、たったいま臆病な私が狼の糞と聞いて仰天した時よりも、仰山に眼を丸くして、うへッうへッ！　と見るも物々しく肩をすぼめて驚嘆した。

それにしても私は、どう考えても、あの憎態な親父と、るいとを――然も別段何の煩悶も持たぬらしいるいとを、連想することは敵わなかった。そう云う意味と、彼女の無邪気さと快活さと、そして如何にも未だ子供らしい美しさとが私の異様にあざやかな印象に残ったのだ。

《解説》変幻する牧野的主体の居場所

長山 靖生

牧野信一は、夏目漱石や谷崎潤一郎のように長編も短編もこなす大作家では、断じてない。同じように短編中心の作家でも芥川龍之介や中島敦のようなポピュラリティを持っているわけでもない。牧野はいわばマイナーポエットである。私的で小さな結晶のような詩文は、国家、民族に共有される国民文学や大叙事詩のような強大さは持たない。だが、ある種の人の心に深く残り、人生を歪めもすれば救いもする。牧野はつまり、そんな存在である。牧野は自分と心の通う魂の血族を「ほんとうの蒼ざめた悲しみの分かる人」と呼んでいた。

牧野信一は従来、不在によって理想化された父と、強権的な母との確執を中核にした私小説的作品の作家として知られていたが、一九二〇年代後半に「ギリシャ牧野」という徒名の由来となった作品――自身の情けない生活をギリシャの牧歌的光景に見立てて正当化する、独自のユーモラス幻想小説などを書き、後にそれらが種村季弘、堀切直人らから賞賛され、柳沢孝子のような優れた研究者も得て、一九八〇年代から再評価が進んだ。

そうした読みが一般化したことで今日、牧野の創作活動は、初期の私小説、中期の幻想小説、そして後期の私小説回帰に分けられ、私小説重視の立場からはギリシャ物は現実逃避的な作品と見做される一方、牧野の幻想性を評価する見方に立つと、後期の私小説回帰は想像力の枯渇とされる傾向がある。

だが牧野の幻想小説は、常に私小説的な生活の苦労と結びついていたし、確かに軽妙な表現には笑いの要素があるものの、ユーモアで片付けられるような代物ではなかったと私は感じている。牧野の本質は、ファンタジーやユーモアというよりナイーヴ、あるいはセンチメンタルという語が一番合っているのではないかと思う。ナイーヴもセンチメンタルも、繊細な少年にはさておき、大の大人に対しては誉め言葉にはならないが、センチメンタルに〝風流気〟の字を当てる牧野は、その気質を自己の創作の中でひとつの強みと自覚するところがあっただろう。そのセンチメンタリズムは、冒険心やヒロイズムと表裏一体であり、高く憧れるからこそ失意もまた深いのである。

夢に見る理想に届かない卑小陋劣な自己を露悪的に告白しつつ、纖細で愚直な自己と周囲の凡俗狡猾との対比をとおして、けっきょくは大人になっても純真な心を保っている気高い弱者の身上を語るのは、後に太宰治が得意としたところだが、牧野信一はその先駆といえる。生活や精神の苦悩にお道化やユーモアをまぶし、ファンタスチックに仕上げるのも両者に共通している。だが牧野は太宰の強かさを持ち合わせていなかった。牧野の笑いは、いじめられっ子が自我を保つために必死で浮かべている半笑いのようなもので、自虐的なユーモアと呼ぶには痛ましすぎるように感じる。

センチメンタリズムは初期の私小説から中期の幻想小説、そして後期の作品まで一貫して作品の基調を成していた。また彼の異国（アメリカ、インド、ギリシャ）憧憬、逃避幻想は習作期とされるごく初期の少年小説、少女小説からのもので、中期になって突然現れたわけではない。

本書には初期作品から後期までの、悲しみと羞恥を引きずりながらも、精いっぱい夢想の中に遊んだ作品を集めた。これらはいわば私小説的悲愴と空想的跳躍の錬金術的混合物であり、単なる私小説でないばかりでなく単なる幻想小説でもない。悲劇と喜劇の危うい二重性を統御しながら、人生と文芸であざなった縄の上を綱渡りしているようなその作品は、呑気そうに見えて緊張感に満ちており、真剣で深刻だ。

牧野を「芸術上の理知派」と呼んだ小林秀雄は「アシルと亀の子」（「文藝春秋」昭和五年六月号）で

次のように述べている。

〈対象が限りなく解析されて行く時、理論の糸もついに切れねばならぬ、人はもう対象のない解析の力だけしか感じる事はできぬ、そんな時、この力が君の知らない理論の映像を突然見せてくれるように思った事はなかったか。

かような言はば理論の一種の眩暈を知らない理知は、理知ではない物差しだ。物差しを振り廻す事しか出来ない理論家が、牧野信一の作品を読んでも所詮無駄事だ。〉

子供の心のまま大人になった（なろうとした）作家の、「滑稽と悲惨」の自覚と挑戦を込めた甘やかで、やや大げさで、ほろ苦い作品群は、生き難さを知る現代人の心に刺さるだろう。

牧野信一は明治二九（一八九六）年一一月一二日、神奈川県足柄下郡小田原町緑町に、父・牧野久雄、妻・ヱイの長男として生まれた。牧野家は旧小田原藩士で地元の旧家だった。家もそれにふさわしく暗く大きな家で、広い庭には石灯篭や池や築山もあった。しかし父は因循姑息な土地柄のなかでも殊に権高な自家の家風や、きつい妻になじめず、明治三〇年に妻やまだ満一歳にならない信一を置いて単身渡米し、一〇年近く帰らなかった。当時、小田原ではアメリカ移民が流行していたという。それは地方経済の低迷と将来への不安があってのことだろう。外貨が強かった当時、移民ないし出稼ぎからの送金は貴重だった。しかし久雄の渡米は成功とは言い難かったようだ。

父が不在の間、母が小学校の準訓導として仕事をしていたこともあり、信一は祖父母から溺愛されて育った。

明治三六年に小田原尋常小学校に入学、その前後から外国人宣教師の許に通って英語とオルガンを習った。アメリカから手紙を送ってくる「見知らぬ父」に憧れを抱いていた信一少年は、やがて自分も渡米することを夢見るようになっており、英語には熱心だった。

明治三八年に祖父・英福の急逝により父が帰国するが、夫婦間の齟齬はいよいよ深く、父は家を出て足柄下郡府津村で別居し、外人客の多かった箱根の富士屋ホテルの通訳ガイドなどをして暮らすようになった。信一はしばしば父の許を訪ねたが、その際ふたりはよく英語で話したという。日本語では口にするのが恥ずかしい素直な気持ちを、英語でなら父に話せた。世間体や旧弊な家意識を重んずる母を息苦しく感じていた信一は、放浪癖と夢想癖のある父に親近感を抱いていた。とはいえ長ずるにつれて、次第に父のだらしなさも目に付くようになってくるのだった。

明治四二年、神奈川県立第二中学校入学。同級生に生涯の友となる鈴木十郎がいた。鈴木は後に読売新聞記者となり、晩年は小田原市長となった。またこの年、弟・英二が生まれている。中学時代の牧野は英語が得意で、ラッパの名手としても一目置かれ、なかなかの洒落者で通っていた。祖父母に溺愛されて育った彼は、楽天的なお坊ちゃん気質である一方、人見知りなところもあった。中学四、五年頃、近くの青果問屋の娘に初恋を抱くが、相手は年上で二〇歳くらいの人だったという。

文学への関心を抱くようになっていた牧野は、大正三年、早稲田大学高等予科に入学するも翌四年には原級留置き（留年）となり、そこで浅原六郎、下村千秋と同級になった。鈴木十郎も早稲田に誘った牧野は、大正五年に本科に進学すると、いよいよ文学熱を高めて下宿でよく鈴木らと文学を語り合うようになる。当時、牧野が強く惹かれていたのは谷崎潤一郎で、牧野の初期作品「爪」には谷崎の小説「悪魔」の影響が見て取れる。

大正八年、早稲田大学部文学科英文学科を無事卒業した牧野は、鈴木十郎の義兄で巌谷小波の実弟である巌谷冬至の紹介で時事新報社に入社。そこで雑誌「少年」「少女」の編集記者として、少年小説や少女小説を執筆するようになった。

この頃日本の児童文学は新たな段階に入っていた。明治期、巌谷小波による創作や民話の集話再構成によって「お伽噺」が広まった。現在私たちが読む一般的な「桃太郎」「金太郎」「浦島太郎」などは、いずれも小波によって再生されたものだ。これはヨーロッパ啓蒙期の童話収集も同様だった。グリム兄弟らも古い民話を集める一方、あまりに残酷野卑な部分は近代主義的に修正することで子供の啓発的読物として再生したのである。近代日本の「お伽噺」では正義や武勇、立身出世が強調される傾向があった。

それが大正期になると教養主義のジュニア版ともいうべき新たな児童文学運動が、漱石門下の鈴木三重吉を中心に広がった。鈴木らにより『世界児童文学』の刊行が始まるのは大正六年、童話と童謡の児童雑誌「赤い鳥」が創刊されるのは大正七年のことだった。牧野信一が「少年」「少女」に小説を書き始めるのは、その翌年ということになる。そこでの作品は「牧野七路」の筆名で発表されており、習作とみなされているためかあまり知られていないが、ヒロイズムとセンチメンタリズム、夢想と失意の甘美な辛さといった牧野文学の特徴は、すでに存分に表れている。

「月下のマラソン」(「少年」大正八年一〇月号)は短文ながら、大正版の『夜のピクニック』とでも呼ぶべき作品だ。恩田陸の小説『夜のピクニック』は高校の伝統行事である夜間歩行会を舞台にしているが、これは恩田自身が高校時代に体験した実際の伝統行事をモデルにしている。こうした行事は旧制中学に起源を持つ高校ではわりとみられるものだ。まして「月下のマラソン」は対校行事なので熱の入れようは真剣深刻となりがちで、主人公のヒロイズムは往時の少年たちにとっては身近な高揚だったろう。友情と努力の英雄譚には、そんなリアルさと共に後の〝ギリシャ牧野〟的な神話性が備わっている。しかもここでは、後年の作品とは異なり、少年は挫折することなく栄光を勝ち取る。そうした真っ直ぐさを、多くの人は大人になるにしたがって失っていく。失って諦め、忘却していく。しかし失ってなお諦めず忘れず、固執し続けることで牧野文学は生まれてくるのだ。

「蘭丸の絵」は「十三人」大正八年一二月号に発表された作品。「十三人」は大正八年一一月から同一〇年一二月にかけて全二五冊発行された早大英文科卒業生中心の文芸同人誌で、編集発行人は下村千秋だった。牧野も創刊時からの同人で、本人は自分がいちばん不熱心で常に同人から叱責されていたと述べているが、作品は数多く寄せていた。同誌第二号に掲載された「爪」が島崎藤村に激励されたことが文壇への足掛かりとなったとされる。

「蘭丸の絵」は、小学生の頃にはやっていた写絵という遊びに関する思い出に基づく作品で、主題的にも「少年」に載せてもおかしくない作品だ。少年小説・少女小説は生活のための仕事というだけでなく、牧野に向いていたのではないだろうか。また当時の文壇では、宇野浩二の『清二郎　夢見る子』(大正二)や室生犀星『幼年時代』(大正八)など、幼年期回想の文学が流行していた。

「ランプの明滅」（「十三人」大正九年三月号）はそれより年長になった思春期の心の揺れを描いている。牧野作品の主人公はたいてい、強がって見せる一方で内心は臆病で他人がどう思っているかをひどく気にしており、相手の思惑を気にして自家中毒的な煩悶の堂々巡りに陥りがちだ。主人公が、もう少し素直で勇気があったなら……という歯がゆさは、この頃からすでに見られた。そんな主人公なればこそ、女性の側は無慈悲にも冷酷にも肥大して思い描かれることになる。

「嘆きの孔雀」（「少女」大正九年三月〜九月号）は少年少女小説における牧野の代表作だ。牧野といえばギリシャだと思われがちだが、父の影響もあってアメリカ憧憬もあるし、インド幻視も強かった。インドへの関心は当時、仏教哲学や神秘主義への関心の高まりとインドの独立運動への関心という両面で社会にも文壇にも広くみられた。牧野が惹かれた谷崎にも「ハッサン・カンの妖術」（大正六）がある。作中にも引用されているタゴールは、日本でも頻りに翻訳されていた。「嘆きの孔雀」はメタフィクションや作中作など構成的にも凝っていた。あるいは当時の少年少女小説としては凝りすぎていたのではないかとも思われる。

「初夏」（「少年」大正九年六月号）は中学生の話で、年齢的には「ランプの明滅」とあまり変わらないはずだが、恋愛譚とは一転して友情物語なせいか真っ直ぐで清々しいばかりでなく、幼さすら感じられる。話者たちはスポーツマンだが、明治のバンカラとは異なり、どこか繊細さが感じられる。

この頃、牧野は「少女」の投稿者・鈴木せつと知り合い、交際するようになる。ふたりは同棲を経て大正一〇年九月に小田原で結婚、翌九年六月に長男・英雄を得ることになる。せつはモダンで賢く、快活な人柄だったというが、後には牧野家の没落や信一の神経衰弱もあって不仲となる。

島崎藤村の紹介で牧野は「新小説」大正九年八月号に「凸面鏡」を発表した。この時、牧野ははじめて原稿料をもらったという。「凸面鏡」の主人公は姉の結婚が迫る寂しさと、家系にまつわる精神病への不安とで、もともと不良気味な性格が余計に反抗的になっている。だが後段の〝全く姉と弟のようにして同じ家で暮らした〟という一文を読むと、弟が荒れている意味合いはすっかり違ったものとなってくる。もちろん彼はそれだけは口にしない。凸面鏡は現実をそのまま移さない鏡であり、弟の心情を象徴しているのかもしれない。

鏡つながりで触れておくが、牧野には「鏡地獄」(「中央公論」大正一四年九月秋季大付録号)という作品もある。これは江戸川乱歩の同名作品に先行していた。牧野版「鏡地獄」の話者は自身のフェティシズムの対象として〈ミス・Fから貰ったオペラ・グラスとか、同人雑誌に「凸面鏡」などといふ題名の失恋小説を書いた頃、参考の為に集めた十二三枚の小さな凸面鏡と凹面鏡や、やはりその頃、生家の物置に忍んで昔のツヾラの中から探し出した価値のない古銭とか、玩具の顕微鏡とか、昔の望遠鏡とか、父が昔アメリカから持ち帰ったおそろしく旧式なピストルとか、同じく父の二三個のマドロス・パイプとか、子供の時母の箪笥から拾い出したのが、小箱に入ってその儘残っていた数個の玉虫とか〉と列挙している。「凸面鏡」は著者にとって失恋小説だった。

「心配な写真」(「少年」大正一一年六月号)は妹たちとの無邪気な戯れを描いているが、「凸面鏡」の姉弟の表現を考慮すると、この作品でも牧野は〝妹〟に仮託して別の物語を少年少女小説の範囲で表現しているようにも思われる。それほどに妹たちは魅力的で華やいでいる。

一般に牧野は、放浪癖のある父には好意的だったとされ、作品中でも父への憧れを語ることが多い。

しかし牧野が憧れたのは「不在の父」であり、現実の父となると話は別だった。「スプリングコート」(「新潮」大一三年一月号)では、父のだらしなさや頑なさを批判している。渡米中に父がもうけた腹違いの妹の話題も出てくる。そうした私小説的な話題の一方、外国製の女性用レインコートを仕立て直してスプリングコートにしている逸話には、重く暗い家の問題を忘れさせる軽やかさがある。そのようにして辛い話題から目を背けていく(しかし常に引っかかってはいる)ところが、牧野文学の持ち味だ。

そんな父・牧野久雄は「スプリングコート」発表後まもない大正一三年三月に急逝する。牧野は「父を売る子」(「新潮」大正一三年五月号)、「父の百ヶ日」(「中央公論」同年一〇月号)を書く。なお生家は負債を抱えており、また父の死後、信一名義の家屋敷や土地を親戚に詐取されるなどして、牧野家は経済的基盤を失って急速に没落していく。〝ギリシャ牧野〟と呼ばれる夢想的な作品には、そうした悲劇の韜晦的投影が見られるが、そこまで追い詰められていくまでにはまだ間があった。

それまでのうちに牧野は、小田原、熱海、また東京各地(幾度か転居)を慌しく移動しながら、深酒と文学交流の日々を送る。それは牧野のモダニズム文学時代といってもいいような時期だった。「センチメンタル・ドライヴ」や「ビルヂングと月」「街上スケッチ」といった掌編は〝モダン牧野〟の典型的な作品である。

モダニズム文学はしばしば尖端風俗を追いかけるのに忙しく、表層的な描写に憂き身をやつした流行物のように思われがちだが、その本質は非伝統的な新風景に仮託された若者の現実肯定的な理想主義にあった。その理想主義は甘っちょろくナイーヴで脆弱だったが、それだけに切なく清らかだった。現実を拒絶するのではなく、現実そのもののまま幻想へと転じて見せようとする後の牧野の技法は、この辺りに端緒があったようにも思われる。日本のモダニズムは哀しいかな実態希薄な張りぼてで、「見立て」による現実の理想化・夢想化で成り立っていた。だがそれだけに想像力の支配する世界だった。「センチメンタル・ドライヴ」（「文章倶楽部」昭和四年四月号）のジャズ的な破調と軽剽なテンポは新感覚派や新興芸術派のそれと違わない。サイドカー付きのオートバイを乗り回す案外シャイな若者は、まるでフィッツジェラルドの作中人物のようだ。また本作で奏でられているリング・リング・バンジョウは「西部劇通信」（「時事新報」昭和五年三月、四回連載）にも出てくる。そして「西部劇通信」のインディアン・ガウンは「バラルダ物語」の話者も着用するところだ。〝ギリシャ牧野〟は〝メリケン牧野〟でもあり、モダニズム文学ともつながっていた。

「黄昏の堤」（「若草」昭和四年一〇月特輯号）も恋愛未満の感情をこじらせている男女を描いた掌編。作中人物は〝在り得べきこと〟と〝在り得べからざること〟の境に言及しているが、牧野は常に〝在り得べきこと〟と〝在ること〟をすり替えるべく機会をうかがっているところがある。しかしロマンチストであると同時にリアルへの眼差しも鋭い牧野本人は夢想に浸り切ることもできない。その間の飛躍は〝ギリシャ牧野〟を待たねばならないが、本作にはその予兆ともいうべきギリシャ悲劇への言及がある。

「ビルヂングと月」（「東京朝日新聞」昭和五年五月一〇日号）はタイトルと異なり、もっぱら山村のキャンプ地でのひと冬の出来事が語られている。だが山村といっても誰か関係者の故郷ではなく、話者たちにとっては縁のない浮遊の地であり、その意味では都会的遊興の延長上にある。それは深刻になれば堀辰雄のサナトリウムとなり、ブルジョワとなれば横光利一の『寝園』となるだろう。その意味でこの作品はモダニズムの文学なのだ。

「ガール・シャイ挿話」（「国民新聞」昭和五年九月一四日号）も引っ込み思案の男の他愛ない失敗談だが、牧野の場合、狂気への怖れを潜在的に抱いていたことを考え合わせると、案外笑って済ませられない物語なのかもしれない。またこうした心情は現代の奥手な若者には身につまされるものだろう。なお girl shy のモチーフは「風媒結婚」にも現れる。

「街上スケッチ」（「文芸春秋　オール読物号」第一巻第三号　昭和六年六月）は都市風俗を切り取ったような掌編だが、こうしたスタイルは当時の雑誌では重宝され、流行していた。

「ゴー」と「ストップ」の文字盤が出る交通整理機（信号機）は、自動車の普及が進んだ都会ならではの尖端風俗だった。「ゴーストップ」に従うか否か、警察と軍部が面子をかけて争うゴーストップ事件が大阪市北区の天六交差点で起きるのは昭和八年六月一七日、本作発表から二年後のことだった。

夢想への逃避を試みながらも現実を自覚せずにはいられない彼は、だが最後まで現実と真正面から向き合うことはない。

「風媒結婚」（「文学時代」昭和六年七月号）は望遠鏡を覗くことを仕事にしている男の物語だ。〈或る理学士のノートから――〉という一文ではじまるこの小説は、そのノートに記された物語という形式をとっているが、「押絵と旅する男」同様、話者が入れ子形式になっていて、語り手（ノートの読み手）は理学士の友人である。その理学者はある望遠鏡製作所に勤めており、日がな一日、製作所の屋上にある展望室に籠って出来上がった望遠鏡の最終確認のために四囲を眺めている。彼はひどい飽き性で今までは仕事も長続きしなかったが、この仕事だけは気に入って遅刻もせずに朝から孤独な作業に没頭していた。

乱歩作品にはしばしば飽きっぽくて退屈に悩み、恥ずかしい性癖に耽っては気を紛らわしているうちに犯罪に踏み出してしまう人間が登場するが、「風媒結婚」の理学士もそんなタイプとして設定されている。彼の性癖、そして犯罪行為は「覗き」だ。彼は展望室からA子の部屋を覗いている（だからこの仕事に飽きないのだ）。展望室からは彼女の部屋が丸見えで、朝寝坊な彼女の寝姿や着替え、風呂上がりの様子などまで見えてしまう。A子に恋した彼は「好奇心的野心」から彼女の父である精神科医の診療所を受診する（神経衰弱患者と判定される）。A子の部屋を覗き、その父の診療所で会話に耳を立てては情報を得る日々が半年あまり続き、一方的に顔見知りとなったA子と同性愛的に彼女と親密なR子が連れ立って出かけるのを、ストーカーするに至る。A子の方は彼を全く知らないので追尾は容易だったが、そんな折に彼を診察している父と行き会い、彼はA子に紹介される。だがせっかくのチャンスに、彼は「さようなら。」と挨拶すると踵を返してしまう。それでも彼は、それが縁でA子と親しく往来する仲となるが、積極的な行動には出ず、それどころか覗き見する方角を変えてしまう。

別の方角にある長屋にも娘がいた。彼はA子にも長屋の娘にも積極的な行動をとらず、ただ眺めるばかりだ。そのうちどちらにも恋人ができるが、彼は一人切りの空間に立てこもったまま、望遠鏡を介して架空の恋人との結婚の夢を見続ける……。

乱歩の作中人物は、非現実的な夢想を好む一方で、犯罪をしでかすだけのアクティヴさを持っていたが、牧野的主人公は徹底した夢想性、変態性の故に、犯罪という形でさえも現実とは関わらない。牧野的主体が行う行為は「見ること」であり、せいぜい「追うこと」であって、追いついたり追い越したりはしないのだった。このように自己の人生や運命をも観測的に傍観し、レンズや鏡像を経た反転もしくは誇張（凸面鏡に写すように）して表現するスタイルは、まもなくその幻想的私小説の完成によって開花する。
「ゼーロン」（「改造」昭和六年一〇月号）と「バラルダ物語」（「中央公論」昭和六年一二月号）はいわゆる〝ギリシャ牧野〟の代表作であるばかりでなく、牧野作品全体の代表作といってもいい作品だ。牧野は昭和三年頃からプラトンの『ソクラテスの弁明』や『クリトン』、アリストテレスの『詩学』、セルバンテスの『ドン・キホーテ』、ゲーテの『ファウスト』、スウィフトの『ガリヴァー旅行記』、A・E・ポオの『ユリイカ』、スターンの『感傷旅行』などを愛読し、悲惨な現実を夢想世界に昇華する手法を探っていた。また昭和五年には井伏鱒二、小林秀雄、河上徹太郎らとも知り合い、新たな文学交流を広めもいた。そうした文学生活の充実を通して、経済的困窮と家庭不和といった困難な現実の心象風景を滑稽で勇壮な冒険譚へと変化させ、さらに幻想化して見せたのが「ゼーロン」であり、「バラルダ物語」だった。

これら牧野の幻想的私小説は、現実が下敷きになっているので、先にもふれた実家の負債や親族らによる財産の詐取による経済的基盤の崩壊が、鼻歌まじりの陽気さで描かれている。しかしもちろんその底にある一層の悲しみ、幻想化しなければ正常な精神を保てないほどの背負いきれない重圧がにじみ出ている。それが本人の望みであったかどうかは別にして、その苦悩が牧野作品の、軽やかでありながら軽々しくない幻想性を担保している。

「ゼーロン」の作中に登場する多くの事物にはモデルがある。たとえばゼーロンは実在の馬で牧野は本当にゼーロンと呼んでいたという。ただしその馬をゼーロンと呼ぶのは彼だけで、本当の名前は伝わっていないし、「もぐら馬」との呼び名（徒名？）もあったようだ。

また作品舞台である「竜巻村」は神奈川県足柄上郡怒田（現・南足柄市）「塚田村」は同郡山田村がモデルといわれている。なお竜巻村＝怒田は後期作品では「鬼涙村」へと変化していく。

作中に出てくる経川槙雄作のブロンズ胸像「マキノ氏像」は、実在の彫刻家・牧雅雄作による「牧野氏像」を指しており、作品末尾にその後の所蔵先が記されているが、同作は現在では小田原市郷土文化館（松永記念館）の収蔵となっている。

また作中のマキノ氏が参詣している先輩・藤屋八郎のモデルは、山田村の村長・瀬戸佐太郎と見られる。作中に出てくるいくつかの山小屋も実在したようで、前出「ビルヂングと月」の冬期キャンプはそこがモデルだったのではないかとも思われる。ただしゼーロン同様、山小屋に付けられた気取った名称は牧野だけのものだったろう。

作中マキノ氏はロシナンテに跨がるドン・キホーテよろしく、ゼーロンに跨って旅をする。現実には旅というほどのものでもない騎馬行が、夢想の中でいつしかユートピアたるピエル・フォンを目指す冒険行へと変化する。その現実からの目の逸らしかたは可笑しくも物悲しい。駄馬になってしまったゼーロンは、要するに老いたか故障かでかつてのように走れなくなっているのだろう。牧野的幻想の視線は、しかしそのような現実は無頓着に無視し、自分の理想、自分の願望を投影し続け、望みが叶えられない悲しみを噛み締める。滑稽と悲惨は常に隣り合わせだ。

「バラルダ物語」もまた辛い現実を幻想化せんとする牧野の果敢な意思がきらめく作品だ。ここに登場する人物たちは、その性質上、モデルの特定が躊躇われる類の人が少なくないが、ようするに気に入らない銀行員はバラルダ（狐頭の化物）に、地主はアービス（牛頭）に、その従者はアヌビス（犬頭）とされ、お気に入りの酒場の娘はマメイドと呼ばれることになる。気取った仇名だが要は夏目漱石の『坊ちゃん』と同じである。

繰り返すが〝ギリシャ牧野〟ではギリシャにとどまらず、エジプト神もアメリカニズムもインド幻想も、日本の現実や古い因習に混淆されていく。「バラルダ物語」ではありふれた村祭りが仮面野外劇へと変形されるが、その万物混合神話の高揚は〈空一杯、胸一杯に太鼓の音が鳴り響いて、天狗が、牛頭《アービス》が、像が、山彦《エコウ》の精が、馬が、河童《ニッケルマン》が、風の神《ゼファラス》が、人形使い《ピグメーリアン》が、蝶々《サイキ》の精が、ダイアナがおかめと手を携えて往き、閑古鳥をさゝげた白鳥《レーダ》の精が笛を鳴らし、榊やオリーブの枝をさんさんと打ち振りながら続いて続いて止め度がない……。轣轆たるバラルダの廻転と、荒武者が此処を先途と打ち鳴らす竜巻村の大太鼓の音が人波を分けて、行列を導いていく。〉という祭の夜の描写で絶頂を迎える。その高揚は主人公をして自分の腕より太い撥を握って太鼓を打ち鳴らす英雄たらんとの意欲さえ喚起するが、しかし作中においてさえ、主人公はけっきょく太鼓を叩くことはないのだった……。

昭和七年に入ると、牧野家の経済面はいよいよ悪くなり、牧野自身にも神経衰弱の傾向がみられるようになる。翌八年三月には義弟浅尾辰雄のいる水戸に行き、五月に帰京。水戸での出来事を元にした「天狗洞食客記」（「経済往来」同年七月夏季増刊号）を発表。また山田村の瀬戸村長の紹介で、足柄上郡曽我村の宇佐美方に逗留したりもした。この時の経験は「夜見の巻」（「文芸春秋」昭和八年一二月号）となった。

神経衰弱昂進と生活苦により、昭和九年三月、単身で小田原に帰京。これ以降、作品からは〝ギリシャ牧野〟的な幻想性はほぼなくなり、現実の農村風土を背景に、自己のレゾンデートルへの不安や自己嫌悪を語る傾向が前面に出てまくる。

昭和一〇年一月、義弟浅野辰雄を横須賀に訪ね、以降しばらく横須賀と五反田霞荘とを往還する生活が続いた。「緑の軍港」(「読売新聞」昭和一〇年七月二四～二六日号)は、そんな半横須賀生活の産物といえるだろう。当時の軍艦模型は多くが木製で、細部を削ったり刻んだりして所有者自身が工作するものがほとんどだった。牧野の性格は細かな工作に向いていたとは思えないが、好きなことには案外熱中する質だったようにも思える。艦船の進水式の多さは、時代が軍縮から一転、軍備増強に向かっていることの表れだった。この年二月には天皇機関説問題があり、三月には衆議院で国体明徴決議案が可決されるなど、日本の国家主義化が明瞭になりつつあった。この無邪気な作品も、そんな世相と無関係とはいえまい。とはいえ牧野の〝艦艇趣味〟は軍艦好きというよりは軍艦ゴッコ好きの感がある。子供たちの戦争ゴッコはやがて就学後の軍事教練を経て戦場への動員に結びついていくが、牧野のそれには戦争の戦争ゴッコ化への秘かな夢想が秘められているようにも思われる。

社会全体の保守化、国家主義化という時勢を踏まえながら読むと、「るい」(「Home Line(ホームライン)」昭和一一年三月号)の、因業な父と健気な娘という日本大衆の典型的父娘関係も、暴走する国家指導層と情報もなく自ら考えることもなくただ信じてついていく国民の縮図のようでもある。

昭和一〇年一二月、牧野は五反田の霞荘を引き払うと友人・鈴木十郎宅の二階に寄宿した。それまでも妻との諍いが絶えなかったが、この頃、両者双方の浮気で事態は一層深刻化した。鈴木は牧野に、気分転換と経済立て直しの双方の意味で、通俗的な新聞小説の執筆を勧めている。翌一一年、牧野は新聞連載のための作品「サクラの花びら」を書き始めるが、けっきょく未完のまま絶筆となった。

牧野はこの年一月、旧宅から移っていた小田原市新玉町の牧野家に単身で戻った。この間の事情について、牧野と親しかった坂口安吾は〈世人がこの問題（引用註：双方の浮気）を重大に見ているとすればそれは誤解で、牧野さん自身がこの問題を軽視していた。一度はたしかに参ったろうが、二人の潔白を信じ切っていた。牧野さんはむしろ自分とB婦人とのあらぬ誤解が奥さんをこうまで錯乱させたことを羞じて、単身小田原へ帰ったのである。牧野さんは奥さんにも小田原へ帰ってもらいたかった。〉（「牧野さんの死」）とし、夫婦双方共に擁護している。安吾によれば牧野は、文学のために貧乏でなければならず、泥酔して奇行をせねばならず、さめれば奥さんにどやされて友人や出版社を廻って金策せねばならず、嫌がられたり絶交されたり義侠心にふれたりしなければならなかったし、奥さんを愛しているにもかかわらず余所見するのもまた文学上彼が必要とした一種の仮構だった。

三月に入ると信一は、妻子との同居を願って交渉をした。しかし受け入れられず、孤独感を深めた。神経衰弱は時に小康を得つつも全快はせず、不眠症と飲酒で精神不安定な日々が続いた。

昭和一一年三月二四日の夕刻頃、牧野は自宅の納屋で縊死した。前日に深酒をした牧野はこの日も様子がおかしく、ピンポン台に紐を張って首を入れ、自殺の真似ごとをしたりしていた。母が出かけようとすると、突然「どうか出かけないでくれ、俺を一人にしないでくれ」と縋り付いたという。牧野の自殺は覚悟のものなのか、酒や睡眠薬で朦朧とした中での突発的出来事なのかは判然としない。遺書はなかった。

坂口安吾は、その死を〈私の考え方が間違っているかも知れないが、私には牧野さんの死がちっとも暗く見えないし、まして悲痛にも見えない。却って明るいのである。／牧野さんの人生は彼の夢で、彼は文学にそして夢に生きていた。夢が人生を殺したのである。殺した方が牧野さんで、殺された人生の方には却って牧野さんがいなかった。牧野さんの自殺は牧野さんの文学の祭典だ。私はそう考えていいと思っている。〉（「牧野さんの祭典によせて」）と見ていた。ただしこれは安吾が友人に捧げた〝ギリシャ牧野〟的な文学的修辞であり、魂への餞だったのかもしれない。誰かが身近にいれば牧野は死ななかったろう、とも書いている。

牧野は現実から学ぶということをしない人だった。少なくとも、生き方とか処世術を得ようとはしなかった。彼にとって経験は、実生活の領域ではなく、象徴的価値の世界でのみ意味を持っていた。ドン・キホーテがそうだったように、牧野はささやかな相似関係を足がかりにして世界を自己流に解読し、改変しようとした。同一性と相違性の夢想的理性が、体験と記憶と記号とを弄び、果てしない戯れを踊ろうとした。そんな牧野のあっぱれな仮面舞踏劇、細い腕に握られた太い撥の連打が繰り出すリズムは、時代が狂乱の哄笑から歩調を合わせた軍靴の響きに変わろうとする中、著者その人の死によって幕を閉じたが、その響きは著者自身の現実が終わった後も、耳を澄ませば微かに木霊している。

収録作品について

各作品は、『牧野信一全集』全六巻（筑摩書房）を底本に、他のアンソロジーなども随時参照しました。初出は長山靖生氏の「解説」の通りです。なお、本書収録にあたり、可読性を鑑み、旧仮名を新仮名に、旧字を新字に改め、ルビも適宜振ってあります。本文中には今日的観点に立つと不適切と思われる表現があるかと思いますが、執筆あるいは発表された当時の時代背景、作品のもつ歴史的な意味や文学的価値を考慮してあります。なお、長山靖生氏の解説は書き下ろしです。

【編集部】

【著者】
牧野 信一
（まきの・しんいち）


1896（明治29）年～1936（昭和11）年、小説家。

幼少時よりオルガンや英会話を学ぶ。文学への関心を抱くようになり、1914（大正3）年に早稲田大学高等予科に入学する。

1919（大正8）年に早稲田大学を卒業後、時事通信社に入社し、雑誌の編集記者となり、同窓の下村千秋らと同人誌『十三人』を創刊。短編「爪」が島崎藤村に認められたことが文壇への足がかりとなる。藤村の紹介で翌1920（大正9）年には『新小説』に「凸面鏡」を発表した。1923（大正12）年に作品集『父を売る子』を刊行する。

父母を題材とする私小説的な作風だったが、昭和に入ると、ギリシャや中世のイメージを導入した明るい幻想的な作風に転じ、「ギリシャ牧野」と称されるようになる。

「ゼーロン」（1931年）や「酒盗人」（1932年）などを発表しながら、雑誌『文科』を主宰する。その後、「夜見の巻」「天狗洞食客記」（ともに1933年）、「鬼涙村」（1934年）、「淡雪」（1935年）などを残し、1936年3月24日縊死自殺。享年39歳。


【編者】
長山 靖生
（ながやま・やすお）


評論家。1962年茨城県生まれ。

鶴見大学歯学部卒業。歯学博士。

文芸評論から思想史、若者論、家族論など幅広く執筆。

2010年『日本ＳＦ精神史　幕末・明治から戦後まで』（河出書房新社）で日本ＳＦ大賞、星雲賞を受賞。2019年『日本ＳＦ精神史【完全版】』で日本推理作家協会賞受賞。2020年『モダニズム・ミステリの時代』で第20回本格ミステリ大賞【評論・研究部門】受賞。著書多数。編集に携わる形で、『女神　太宰治 アイロニー傑作集』『魔術師　谷崎潤一郎 妖美幻想傑作集』『人間椅子　江戸川乱歩 背徳幻想傑作集』『霓博士の廃頽　坂口安吾 諧謔自在傑作集』（以上、小鳥遊書房）、『羽ばたき　堀辰雄 初期ファンタジー傑作集』『詩人小説精華集』など（以上、彩流社）を刊行している。

牧野《まきの》信一《しんいち》　センチメンタル幻想傑作集《げんそうけっさくしゅう》

嘆《なげ》きの孔雀《くじゃく》

2022年11月25日　第1刷発行

【著者】
牧野 信一
【編者】
長山 靖生

発行者：高梨 治
発行所：株式会社**小鳥遊《たかなし》書房**
〒102-0071　東京都千代田区富士見1-7-6-5F
電話 03 (6265) 4910（代表）／FAX　03 (6265) 4902
https://www.tkns-shobou.co.jp
info@tkns-shobou.co.jp

装画・装幀　YOUCHAN（トゴルアートワークス）
印刷・製本　モリモト印刷株式会社

ISBN978-4-909812-99-5　C0093